AF196434

Tucholsky Wagner Zola Scott Sydow Freud Schlegel
Turgenev Wallace Fonatne

Twain Walther von der Vogelweide Fouqué Friedrich II. von Preußen
Weber Freiligrath

Fechner Fichte Weiße Rose von Fallersleben Kant Ernst Frey
Richthofen Frommel

Fehrs Engels Fielding Hölderlin Tacitus Dumas
Faber Flaubert Eichendorff

Feuerbach Maximilian I. von Habsburg Fock Eliasberg Zweig Ebner Eschenbach
Ewald Eliot Vergil

Goethe London
Mendelssohn Balzac Shakespeare Elisabeth von Österreich
Lichtenberg Rathenau Dostojewski Ganghofer

Trackl Stevenson Tolstoi Hambruch Doyle Gjellerup
Mommsen Lenz Hanrieder Droste-Hülshoff
Thoma von Arnim

Dach Verne Hägele Hauff Humboldt
Reuter Rousseau Hagen Hauptmann Gautier
Karrillon Garschin
Damaschke Defoe Hebbel Baudelaire
Descartes
Hegel Kussmaul Herder
Wolfram von Eschenbach Dickens Schopenhauer
Darwin Melville Grimm Jerome Rilke George
Bronner
Campe Horváth Aristoteles Bebel Proust
Bismarck Vigny Barlach Voltaire Federer Herodot
Gengenbach Heine

Storm Casanova Tersteegen Grillparzer Georgy
Lessing Gilm
Chamberlain Langbein Gryphius
Brentano
Strachwitz Claudius Schiller Lafontaine
Schilling Kralik Iffland Sokrates
Katharina II. von Rußland Bellamy
Gerstäcker Raabe Gibbon Tschechow

Löns Hesse Hoffmann Gogol Wilde Gleim Vulpius
Luther Heym Hofmannsthal Klee Hölty Morgenstern
Roth Heyse Klopstock Goedicke
Luxemburg Puschkin Homer Kleist
La Roche Horaz Mörike Musil
Machiavelli Kierkegaard Kraft Kraus
Navarra Aurel Musset Kind
Nestroy Marie de France Lamprecht Kirchhoff Hugo Moltke

Nietzsche Nansen Laotse Ipsen Liebknecht
Marx Ringelnatz
von Ossietzky Lassalle Gorki Klett Leibniz
May vom Stein Lawrence Irving
Petalozzi Knigge
Platon
Sachs Pückler Michelangelo Kock Kafka
Poe Liebermann
de Sade Praetorius Mistral Zetkin Korolenko

Egon und Danitza

Otto Stoessl

Impressum

Autor: Otto Stoessl
Umschlagkonzept: toepferschumann, Berlin

Verlag: tredition GmbH, Hamburg
ISBN: 978-3-8424-1372-6
Printed in Germany

Text der Originalausgabe

Egon und Danitza

Eine Erzählung

von

Otto Stoessl

München und Leipzig
Verlegt bei Georg Müller 1911

I

In das kommerzielle Bureau einer der großen österreichischen Privatbahnen wurde ein junger Mann als Hilfskraft aufgenommen. Eine gewisse Aureole von Hoffnungen und Interesse breitete sich um ihn, noch bevor er erschien. Sein Vater hatte dreißig Jahre lang ein eingesessenes Rundleder in demselben Zimmer ehrsam gedrückt, wo der Sohn nun zu gleichem Dienst mit gleichen mageren Hoffnungen und sorglich aufrecht zu haltendem Standesbewußtsein eintreten sollte. Eben war für den Vater, nachdem er fleißig Akten über Akten mit dem umständlichen Ernst papierener Wohlredenheit vom Stapel gelassen und dabei unverwandt Absterben, Dienstmüdigkeit oder Versetzung von Vordermännern im Auge behalten, die Stunde einer wohlverdienten Erhöhung angebrochen. Es winkte ihm nämlich der Posten eines Vorstandes. Dem oft und mancherlei in seinen »Voten«, »pro domo-Bemerkungen«, »Vorträgen« und »Expeditionen« von höherer Hand ausgebessert worden, sollten nun endlich mit dem Amt auch so viel Verstand, Geschmack und Ansehen zuwachsen, daß er selber die Perioden Untergebener nach Bedarf stutzen oder erweitern und an die Redensarten fremder Konzepte die höchst persönlichen Schnörkel eigener stilistischer Schmucksachen anhängen durfte, ein gebieterisches »Sie wollen ehetunlich«, oder ein sanftes »baldgefällig«, ein schmeichlerisches »geehrt und wohllöblich«, oder ein kurzangebundenes »sonach wird nicht stattgegeben«. Mitten aus dieser Umschau über ein weites Land dienstlicher Verheißung nahm ihn der Herr aller Ämter vor der Zeit hinweg, er starb und streckte sich mühselig aus wie ein reichliches, zerknittertes Geschäftsstück, das endlich, nach langem Sträuben, kurzerhand ad acta geschrieben wird. Schon war aber sein Sohn erwachsen genug, um dort beginnen zu können, wo der Vater aufgehört hatte. Egon de Alamor, der Erbe seines ohne zureichenden Grund vornehm klingenden Namens, ging gerade in die siebente Gymnasialklasse und benutzte die infolge des plötzlichen Todesfalles eingetretene Verwirrung der häuslichen Zustände, um vorerst in der Schule durchzufallen, was ihm auch kraft seines angeborenen Widerwillens gegen die Bildung nicht schwer gefallen wäre, aber dank dem schmerzlichen Anlaß noch wesentlich erleichtert wurde. Mit allem Anstand konnte das Fehlschlagen seiner Studien dem geduldigen Vater wie einem unglücklich geratenen Vorakte zugeschoben werden. Mit der raschen Entschlußkraft, die ihn auszeichnete, ergriff Egon de Alamor die Gelegenheit, der Schule gleich auch ganz den Rücken zu kehren, er trat aus und erklärte der Mutter, oder vielmehr der Mama, er könnte es nicht über sich bringen, ihr bei der mageren Witwenpension und dem geringen Erziehungsbeitrage die Kosten seines brotlosen Studiums aufzubürden. Er werde »zu Hause« und auf eigene Faust die noch fehlenden zwei Gymnasialklassen nachholen, die Maturitätsprüfung ablegen und dabei selbst etwas zu verdienen und durch Beschäftigungen aller Art sich das nötige Taschen- oder Kleidergeld zu erwerben trachten. Bewundernd billigte Mama de Alamor die ritterliche Haltung ihres Sohnes. Damit begann für Egon eine ebenso interessante wie genußreiche Suche nach Beschäftigung. Er trieb sich in Kaffeehäusern herum, wo bekanntlich allerhand überraschende Stellungen und Aussichten sich im liebenswürdigsten Gespräche darbieten. So gewann er die Freundschaft eines hoffnungsvollen Kunstgewerbeschülers der neueren Richtung und flugs auch infolge seiner ziemlichen Handfertigkeit wie durch eine geistige Ansteckung die Fähigkeit, alle schmückenden Quadrate, Kreise und Dreiecke, mit welchen der Geschmack dieser jungen Meister verschwenderisch gesegnet ist, aus dem Gelenk hinzuwerfen und mit dem nötigen Schmiß aufzureißen. Wozu sonst ehrbarer Fleiß, bescheidenes Studium der Natur, alle Tugenden eines klaren Auges und reinen Geistes gehören, nämlich um bei solider Zeichnerei mit der Natur sich demütig zu befassen, das besorgten diese kühnen Jünglinge kraft eines dreist erfundenen Ersatzmittels im Handumdrehen, freilich ohne, ja gegen die Natur. Wer kein einfachstes Ding da draußen, etwa einen Apfel, oder die zarte Linie einer am Stiel sanft und sicher aufruhenden Blüte, oder die hohe Regelmäßigkeit und wieder unsagbare Vielfältigkeit eines Baumblattes, noch weniger die eigentümliche Verschiebung der benachbarten Erscheinungen im Luftraume auch nur ehrerbietig zu ahnen, geschweige denn nachzubilden vermochte, der bekam mit dieser flinken Schablone eine großartige Hilfe, ähnlich wie papierne Scheine für bares Geld und konnte gleicherweise eine kahle Wand, einen Majolikatopf, einen Sessel, ein Schmuckstück dekorieren, daß es eine Art hatte. Welche Lust, nach diesem Schema »Kunst ist keine Hexerei« zu komponieren! Ein Knabe, der selbst noch nicht wußte, wie man ordentlich steht und sitzt, konnte nun Stühle entwerfen, und wer den Gebrauch von Gabel und Messer verwechselte, zweckvolle Geräte angeben. Egon de Alamor graste fröhlich in diesem papiernen Garten der modernen Kunst, er zeichnete Ansichtskarten wie nur einer und bedeckte große reinliche Blätter mit Plänen zu Einrichtungen, die man über kurz oder lang zweifellos bei ihm bestellen würde. Denn der ganze Osten, von Jassy, Tarnów und Sofia bis zur Wiener Leopoldstadt war von dem Taumel dieser Ornamentik bezaubert und »richtete sich ein«.

Bei diesen und anderen heiter ungebundenen Beschäftigungen war ein Jahr vergangen, ohne daß er dem zweck- und brotlosen Studium des Lateinischen und Griechischen, der Mathematik und anderer Bildungsvorurteile mehr als seine Verachtung zugewendet hatte. Ohne zum mütterlichen Einkommen durch eigene Arbeit das Geringste beizutragen, knöpfte er ihm vielmehr manches muntere Sümmchen mit Liebe und Schmeichelei für seine verschiedenen Bedürfnisse ab, bis endlich die Mama eines Tages ihre schönsten Trauerkleider, einen großartigen ernsten Hut mit wallendem Kreppschleier anlegte und sich zum Generaldirektor jener Bahn begab, der ihr seliger Gemahl seine treuen Dienste gewidmet hatte. Sie erbat für ihren Sohn die Aufnahme, welcher mangels der nötigen Zeugnisse freilich keine Stellung als vollgültiger Beamter beanspruchen, sondern nur als Hilfskraft, als sogenannter Diurnist, unterkommen konnte.

War er fleißig und sittlich geartet, wie man gütig voraussetzte, so konnte er in der freien Zeit die unterbrochenen Studien wieder aufnehmen und die Maturitätsprüfung nunmehr vielleicht doch noch ablegen, oder er konnte binnen zwei Jahren zwei vorgeschriebene Fachexamina bestehen, deren guter Erfolg ihm den Aufstieg zur wirklichen dauernden Beamtenschaft verbürgte. Kurz, es würde ihrem Egon nicht fehlen. In der Tat zeigte sich die Direktion gnädig, und eines Morgens fand Herr de Alamor neben seinem Frühstückskaffee, den ihm die sorgliche Mama etwa um zehn Uhr vormittags auf das Kästchen vor sein Bett stellte – denn er pflegte von den künstlerischen Anregungen des Nachtlebens lange auszuruhen – ein in knappen Worten abgefaßtes Einberufungsschreiben der Anstalt. Zum ersten Male reflektierte ein Machthaber auf seine Leistungen.

In der Dienstabteilung, für welche er bestimmt war, hatte sich die Kunde von dem Einrücken des jungen Mannes längst verbreitet. Egon de Alamor warf sozusagen schon seinen Schatten voraus, hatten ihn doch alle die älteren Beamten noch als Knäblein gekannt, wie er täglich mit dem Papa im Stadtpark lustwandelnd, aus einer Düte den Schwänen im Teich Semmelstückchen zugeworfen hatte. Und später erfuhren sie aus den väterlichen Berichten von seinen heranwachsenden Tugenden, bekamen Schriftproben anzuschauen, an deren Schnörkeln der Vaterstolz eine gewisse Verwandtschaft mit der eigenen Art schätzte, denn auch die Buchstaben pflegen, wie eben gelegentlich das Antlitz eines Kindes, durch den und jenen Zug dem erkenntlichen Erzeuger seine Eigenschaft als solcher zu bestätigen. So betrachtete man den jungen Egon recht als Schützling; Zuneigung, Neugierde und Erwartung hießen ihn willkommen.

Seine äußere Erscheinung war ganz danach angetan, diese günstige Stimmung zu bestärken, denn ein hochgewachsener, überaus sorgfältig, ja geradezu elegant gekleideter Jüngling mit streng gebügelten Hosen, einem leicht sitzenden, seidenausgeschlagenen dunklen Sommerüberzieher, von dessen erstem Knopfloch eine schimmernde Tuberose grüßte, einen ziervoll geschweiften, neunmal spiegelnden Zylinder auf dem Haupte, trat Egon an einem strahlenden Märztage, welcher ganz der Heiterkeit und Zuversicht seines eigenen Innern und Aeußern glich, in das Bureau. Er benahm sich bescheiden und sicher wie das Kind im Hause, kannte er doch etliche der älteren Herren als Freunde seines seligen Vaters und durfte, mit wohlgesetzter Ansprache auf diesen Umstand innig hinweisend, ihre besondere Gunst, ihre wertvolle Unterstützung und heilsame Belehrung erbitten. Hingegen gewann er die jüngeren Männer, einige unter dem Papierberge noch nicht ganz plattgedrückte und versteifte Juristen, durch seine Lebensgewandtheit und Sorglosigkeit. Als er vollends den Überzieher und Zylinder an den Haken hängte und in einem tadellosen Gehrock mit hohem Stehkragen und kardinalvioletter Halsbinde dastand, begrüßten sie in dem kleinen Diurnisten fast einen Gleichgesinnten und jungen Mann von Welt.

Einer der Doktoren sagte beim Mittagstische, der die ledigen Beamten im Bahnhofsrestaurant vereinigte: »Wissen Sie, meine Herren, der junge Mann erinnert mich an einen feinen Flötenspieler in einem fürstlichen Hausorchester.« Ein anderer meinte: »Es ist etwas Richtiges an dem Vergleich, aber er hat eben darum oder trotzdem ein vollkommenes Schafsgesicht, gestielte graue Rollaugen und über seinem standesgemäßen Doppelkinn ein aus naschhaften Bubenzeiten offen stehengebliebenes verblödetes Leckermaul. Er trägt sich gut, das muß man ihm lassen. Woher der Bursch das Geld dazu nimmt? Hat der alte Alamor ein Vermögen hinterlassen, oder ist die Frau reich? Übrigens, der Vater war, mir scheint, auch kein Lumen, aber fleißig.«

Herr Egon bekam allerhand Kopierarbeiten, denn der Herr Amtsvorstand, ein fleißiger und genauer Mann, der jedes Stück zehnmal nach allen Seiten untersuchte, ehe er es laufen ließ, liebte ansehnliche Ausfertigungen, zu denen sich der frisch gefangene Diurnist trefflich eignete, denn er hatte eine geschickte Hand und exzellierte geradezu in den vielfältigsten Schriftgattungen, mit welchen er die feinsten Unterschiede des Inhalts und der Bedeutung durch die Wahl der Farbe, durch die Art der Lettern, durch Verzierungen und Liniierung trefflich hervorhob. In den ersten Tagen sah man ihn denn auch ein ganzes Arsenal von Schreibwerkzeugen zurichten, welches er auf seinem Tische zur allgemeinen Bewunderung ausbreitete. Da waren in allen Farben und Härtegraden Stifte, mit deren Zuspitzen er sich eine volle Stunde angelegentlich beschäftigte, ferner Tintenfläschchen mit blauem, grünem, rotem, gelbem Inhalt, von der gewöhnlichen schwarzen ganz zu schweigen, dann harte, mittlere, weiche Bleistifte in Schraubminen, wie auch in Zedernholz, pfahldicke und halmdünne Federstiele, in einem Büchschen verwahrte er die zugehörigen Federn aller Art, die er wie glänzende Fischchen gelb, blau und silbern glitzernd aufschüttete, bevor er eine für den Anlaß passende wählte, zärtlich befeuchtete und ansteckte. Auf einer Lacktasse befanden sich Radiergummi von verschiedener Größe und Schärfe, sowie zur Beseitigung von Tintenspuren eine chemische Flüssigkeit, deren Vorzüge er den einzelnen Zimmerkollegen bewies, indem er auf ihren Aktenstücken, hast du nicht gesehen, an der wichtigsten Stelle einen Klecks anbrachte, um ihn sofort tadellos zu entfernen. Aber er verwaltete auch ein ganzes Besteck von Radierklingen, stählernen Linealen, geschwungenen Flachhölzern, kurz das reichlichste Waffenzeug eines Schreibkünstlers. Wenn er an der Arbeit saß, hielt er den Kopf zärtlich geneigt, während seine Zungenspitze aus dem halb offenen Munde lecker hervorschaute und dem Zug der Zeilen zugleich mit dem Blicke der gestielten Augen zu folgen schien. Sah er bei den Amtsbrüdern irgend ein neu aufgekommenes Schreibgerät oder sonst eine anmutende Sache, so jauchzte er vergnügt auf, betrachtete fachmännisch das Objekt, erbat es zur Probe, erörterte seine Vorzüge, erkundigte sich um die Bezugsquelle und flehte schließlich, man möchte es auch ihm beschaffen. So mußte ihm einer, der nach Breslau reiste, von dort eines der vielgerühmten deutschen Messerfabrikate mitbringen, ein anderer wieder aus Mailand eine italienische Seidenkrawatte, wobei es anfangs nicht weiter auffiel, wie er für solche Besorgungen zwar den heißesten Dank bezeugte, aber sich niemals um den Preis erkundigte, so daß er diese Kleinigkeiten eigentlich zum Geschenk bekam, welches er erbat und annahm, gleich einem Knaben, dem man nichts verweigert und der solche Gaben als sein gutes Recht ansieht. Da das Bureau auf Vornehmheit hielt, überging man diese Vorkommnisse mit Stillschweigen.

Der Vorstand zeigte sich von Egons kalligraphischen Leistungen recht erbaut und sagte jedem, der es hören mochte, er wolle den anstelligen Burschen schon aus einem verwöhnten Muttersöhnchen zu einem brauchbaren Beamten erziehen. Die jungen Herren wieder nahmen sich auf ihre Weise seiner an, namentlich ein weltläufiger, gutmütiger und eleganter Konzipist ließ sich angelegentlich von dem Zutraulichen über dessen Lebensumstände unterrichten. In den nächsten Wochen schien Egons Maientag etwas verdüstert. Er saß untätig in seinem Stuhle zurückgelehnt und kaute an einem Federkiel, wie sein Mund in früheren Zeiten etwa das kindische Veilchenholz verkostet hatte, wobei seine Augen schmachtend in die Ferne reichten, ohne das vor ihm liegende Schriftstück näher zu würdigen. Dann erhob er sich, flüsterte dem Konzipisten zu: »auf ein Wort, verehrter Herr Doktor, wenn ich bitten darf« und die beiden verschwanden. Man hörte ihre Schritte auf dem mit Steinfliesen belegten Gange eine gute Weile auf und nieder wandeln, und draußen suchte der Gönner, freundlich seine Hand auf die Schulter des Schützlings gelegt, diesen zu trösten und ihm Mut zuzusprechen. Auch andere Herren beehrte der junge Alamor zu anderer Zeit mit seinem Vertrauen.

Im Spätfrühling, als der Geschäftsgang nachließ und die beginnende Hitze alle Arbeitslust einschläferte, fiel es nicht weiter auf, daß der Jüngling gelegentlich sich einen freien Tag ausbat, oder sich einem fernhindämmernden Nichtstun ergab, welches nur durch allerhand Fragen und Meinungen über Zeitereignisse unterbrochen wurde. Die einzelnen Herren hatten Urlaubssorgen, nicht ohne vor Antritt ihrer Reise eine Verständigung mit Alamor zu suchen, doch fand sich dieser merkwürdigerweise nicht leicht zu sprechen, indem er gerade, wenn jemand ihn zu finden wünschte, zufällig abwesend, zu einem dringenden Privatweg beurlaubt oder beim Magistrat vorgeladen, oder für seine Frau Mama mit einer unaufschieblichen Besorgung befaßt war. Da diese Angelegenheiten jedoch diskret verborgen gehalten wurden, spürte man nur, es herrsche um Egon eine gewisse Bewegung, ohne zu erraten, was es damit für eine Bewandtnis hatte.

Als aber zu Ende des Sommers das ganze Bureau wieder versammelt und der Mittagstisch vollzählig war, kam alles durch einen Stoßseufzer des eleganten Konzipisten ans Licht, und mit einem Male erlösten sich die bedrückten Gemüter von ihrem Geheimnis. Der Konzipist berichtete: »Mir hat er leid getan, er hält doch etwas auf anständiges Auftreten, man muß einen jungen Menschen gerade darin bestärken, ich habe ihm meinen Schneider angegeben, er wählte mit richtigem Geschmack die besten englischen Stoffe und ließ sich auf meine Empfehlung hin von Kopf bis zu Fuß equipieren. Neulich will ich mir selbst einen Anzug machen lassen, der Schneider benimmt sich auffallend kühl und schickt mir noch vor der Lieferung die Rechnung. Wegen dieses übel angebrachten Mißtrauens stellte ich gleich den Lümmel zur Rede. Sagt er, ich möchte um Gottes willen verzeihen, aber er sei wahrhaft in Verlegenheit, denn der Herr von Alamor, dem er auf meine Rekommandation um etwa zweihundert Gulden Kleidungsstücke nach Maß und vom besten Material und Schnitt angefertigt, habe seit einem halben Jahre nichts von sich hören lassen, keinen Kreuzer abbezahlt, sondern wandle vielmehr auf der Straße an ihm vorüber, ohne ihn auch nur zu erkennen. Das Ärgste aber sei, daß er den jungen Herrn allerjüngst in einem neuen Anzug stolzieren gesehen, der aus anderer Quelle stammte, so daß ihm Egon offenkundig sogar mit den Schulden weitergegangen sei.« »Ei, so steht die Sache,« lachte schmerzvoll ein Zweiter. »Deshalb konnte ich vor meinem Urlaub kein Geld von ihm bekommen. Er hatte mir funfzig Gulden ausgebettelt: für die Mama, sagte er und klagte, sie hätten zu Hause nicht auf Brot, der Zins stünde bevor, sie müßten die Ausmietung gewärtigen. Zwar bin ich selber kein reicher Mann, aber man kann doch die Witwe eines Kollegen nicht im Stiche lassen, so habe ich ihm denn die Summe gegeben. Sie fehlte mir recht dringend vor meiner Reise. Ich zögerte bis zum letzten Augenblick, ihn zu mahnen, hatte er mir doch bei seiner Seele Seligkeit geschworen, rechtzeitig den Betrag zu erstatten. Als ich ihn am Tage meiner Abreise suchte, war er krank gemeldet.« »Das ist noch das Schlimmste nicht,« unterbrach ihn der Vorredner, der Konzipist, »als er mich wegen eines tüchtigen Schneiders befragte, seufzte er, ihm sei leider mit dem schönsten Anzug nicht geholfen, vielmehr müsse er sicherlich bald elend zugrunde gehen, und weinte und äugelte schamvoll. Ich sprach ihm Trost und Mut zu und bekam schließlich zu hören, er laboriere schon seit einiger Zeit an einem geheimen, hartnäckigen Übel, er werde wohl nie wieder gesund und so weiter. Da schickte ich ihn zu einem befreundeten, tüchtigen Arzte, der ihn gründlich in Behandlung nahm und den wehleidigen Jungen mit Ach und Krach wieder auf Gleich brachte. Aber auch dem hat er keinen Heller gezahlt; was blieb mir nun übrig, als die Rechnung für ihn zu ebnen, denn ich kann mich doch vor einem Bekannten nicht bloßstellen und mir nachsagen lassen, meine Empfehlungen seien faul?«

So hatte jeder auf seine Weise für Egons Nöte sorgen und beitragen müssen, welcher ein recht geschicktes, auf der wechselseitigen Diskretion der Amtsgenossen aufgebautes Besteuerungssystem ins Werk gesetzt und dabei alle einbezogen hatte, die irgend an den gemeinsamen Geschäften beteiligt waren. Wie sich binnen kurzem herausstellte, figurierte sogar der Amtsvorstand mit einem erklecklichen Beitrage an der Spitze seiner Gönner.

II

In diesem verheißungsvollen Frühjahre hatte Mama de Alamor mit ihrem Sohne eine bemerkenswerte Auseinandersetzung. Die Krankheit des Vaters, dessen ehrenvolle Bestattung unter einem marmornen Leichenmal, die vorgeschriebenen Trauerkleider hatten beträchtliche Kosten verursacht, die bei dem verringerten Witweneinkommen nichts weniger als Deckung fanden. Gleichwohl hielt es die Dame für unangebracht, ihren Lebensfuß irgendwie zu beschränken, da sie sich nichts nachsagen lassen mochte. Nun kam noch Egons einjährige Suche nach einem neuen Leben hinzu, ihre gemeinsame Lage fragwürdig und schwierig zu machen. So war Mama de Alamor in einen ansehnlichen Schuldenstand geraten, der sie schließlich veranlaßte, für ihren Sohn das bewußte Beamtenpöstchen zu erbitten. Auch für ihre Tochter mußte sie sich nach einem Beruf umsehen. Zwar dünkte sie die Arbeit für ein zur Schönheit geborenes und bestimmtes Geschlecht durchaus unwürdig, aber völlig unmöglich für ihr eigenes standesmäßiges Alter. Daher mußte sie das geringere Übel wählen, daß ihre Tochter vorläufig zum gemeinsamen Unterhalt beitrug. Es gelang ihr auch, der Siebzehnjährigen eine Stelle als Schreiberin bei dem Baumeister zu erwirken, in dessen Hause sie wohnte und den Zins schuldig blieb. Auf die strenge Mahnung bat sie unter Tränen und flehenden Augen, denen noch immer ein gewisser Glanz innewohnte, ihr das Leben doch durch die Beschäftigung ihrer geschickten Tochter einigermaßen zu erleichtern, worauf denn der Mietsherr notgedrungen einging. So konnte sie ihre bürgerlich prunkhafte Wohnung als Vorstandsadjunktenswitwe behalten und ihren schönen weißen Seidenpinscher nach wie vor auf seinem Kissen im Salon sitzen haben, denn seinen oder den Verlust der vertrauten Möbel hätte sie nicht überdauern zu können geglaubt.

Egon hatte soeben sein erstes Monatsgehalt stolz eingestrichen und dachte an vielerlei Ausgaben, zu denen er allmählich befähigt werden würde. An weitere stattliche Kleidung, Krawatten, Schmuckstücke, an ein leise klirrendes Zweirad, mit welchem er einem gewissen Drang nach der Ferne so lange halbwegs zu befriedigen hoffte, bis er einmal irgendwie zu einem Automobil komme, was bei dem Fortschritte der Technik und der Bedürfnisse nur eine

Frage der Entwicklung schien. Auch wollte er sich in der schönen Welt der Weiblichkeit nunmehr begehrenswerter, männlich freigebiger und darum des Empfanges würdiger umtun. Die anmutigsten Vorstellungen spielten vor seinen Augen, die nicht umsonst vom lieben Herrgott recht nach aller Herrlichkeit der Dinge langend geformt waren.

Anstatt vom Amt geradeswegs heimzukehren, hatte er sich zunächst in einem Kaffeehause bei den illustrierten Zeitungen und duftenden Ala-Zigaretten aufgehalten, dann in der Kärntnerstraße einige Besorgungen geleistet, wodurch seine Barschaft um etliches verringert worden. Nun eilte er, zierlich und den von Natur offenen Mund zu einem vergnügten Pfeifen gespitzt, über die Treppe und freute sich, an der Tür das treue Bellen des Pintschers zu vernehmen, gespannt, welches Nachtmahl sich etwa durch seinen besonderen Wohlgeruch ankündigen und die wahrhaft erlesene mütterliche Kochkunst auch an diesem Weihetage nach der ernsten Arbeit eines Monats bezeugen wolle.

Die Mama saß indes, eine Stickerei auf dem Schoße, in der Dämmerung des Salons und empfing ihn stumm, ohne irgend ein Zeichen festlicher Verheißung. Erst als er einen Schwall begeisterter Worte losgelassen über die Annehmlichkeit des Frühjahrs, die staunenswerte Billigkeit mancher vornehmer Geschäfte und dergleichen mehr, fragte sie ihn mit einer dumpfen Stimme, deren unheilverkündenden Ton er leider kannte: »Nun, mein Kind, was ist es mit deinem Gehalt?« Egon stotterte verlegen. Sie rechnete ihm auf den Kreuzer vor, was er bekommen haben müsse, und obzwar er, geistesgegenwärtig genug, sofort etliche Abzüge für Wohlfahrtszwecke, angebliche Kranken-Versicherung, Trinkgelder und dergleichen mehr in Abschlag brachte, konnte er die verbleibenden Abgänge nicht anders als durch eine Beichte seiner heutigen Einkäufe erklären und mußte schließlich den Rest auf den Tisch zählen. Er wollte ihn freilich wieder sogleich an sich nehmen, doch wehrte die Mama mit zarter Entschiedenheit: »Für diesen Monat, mein Egon, will ich allerdings mit der geringen Summe vorlieb nehmen, bin ich es doch leider gewöhnt, mich nach der Decke zu strecken, aber in Hinkunft wirst du schon dein ganzes Gehalt abliefern müssen, denn wie soll ich dieses Haus und das gute Essen bestreiten, auf welches du so viel hältst, ohne das notwendige Geld. Auch müssen wir alle, da wir uns ordentlich anstrengen, uns auch kräftig nähren. Du hast mich genug gekostet, bis ich dich so weit gebracht habe, daß du nun freilich nur den geringsten Teil abstatten kannst, um die Sorgen deiner schwergeprüften Mutter ein wenig zu erleichtern.«

»Aber, liebe Mama, wie soll ich dann leben? Ich brauche ja Kleider, allerhand andere Dinge, ich will doch auch von der Plage etwas haben, einmal ins Theater gehen oder in ein Gasthaus.« – »Darum bist du eben ein Mann, der Geld verdienen kann durch einen Nebenerwerb oder sonstwie. Das wird deine Sache sein. Du bist mein Stolz und mein Glück auf der Welt, Egon. Hätte ich nicht euch Kinder, so wäre mein Leben wahrlich nichts wert und ich würfe es am liebsten weg. Brachte es mir doch nie etwas anderes, als Kummer und Sorge. Dein seliger Papa hat es wahrlich nicht verstanden, mir eine würdige Existenz zu bereiten, all die schönsten Jahre sind in peinlicher Angst um das Notwendige verstrichen und ich stehe nun da als alte Frau, wenngleich man es mir ja nicht ansieht, und ohne das geringste Vermögen. Andere Männer sorgen für ihre Gattinnen, nichts ist ihnen zu teuer, sie häufen Luxus um ihre Frauen und erwerben ihnen ein stattliches Gut. Ich hingegen mußte meine Mitgift einbrocken und mich bescheiden lernen, obgleich mir andere Schicksale in der Wiege gesungen waren, aber ihr merktet freilich nichts von meinen Sorgen, ich hielt euch immer nett und nobel an Kleidung und Kost und Unterricht, wir haben uns für eure Erziehung aufgeopfert. Käme doch die Zeit endlich, wo ihr es der armen Mutter vergelten wolltet und könntet.« Egon, der leicht gerührt war und überdies auch die Opferung seines Monatsgehaltes als gerechten Anlaß zu Tränen empfand, weinte leise vor sich hin.

Frau de Alamor schlang um den recht schlaff dasitzenden Sohn, dessen Antlitz nun den schlotterigen Ausdruck zeigte, den er wohl vom guten Papa überkommen haben mochte, ihre energischen Arme, küßte ihn zärtlich wiederholt auf Stirn und Mund und Wangen und tröstete ihn: »Damit du wenigstens für den Anfang nicht allzuviel entbehrst, magst du zehn Gulden für das Nötigste behalten. Das weitere wird sich finden. Dein Diurnum deckt ohnedies nicht meine Kosten. Rechne dir nur einmal aus, welche Summen ich in den einundzwanzig Jahren, seit du auf der Welt bist, für dich geopfert habe. Aber ein Bursche wie du ist ein Kapital, das sich ordentlich verzinst, wenn man vernünftig bleibt. Du wirst reich heiraten und deine Mutter nicht durch Dummheiten enttäuschen, so daß du hoffentlich bald in die Lage kommst, deine Schwester aus ihrer Sklaverei zu erlösen, denn es schickt sich doch wahrlich nicht, daß meine Anna einem gemeinen Baumeister Schreibdienste tut. Was wollen wir aber bis dahin machen? Mir bleibt nichts übrig, als einen Zimmerherrn ins Haus zu nehmen.« Egon schrie entsetzt auf. Sie erwiderte leise: »Es muß sein, sei stark mein Kind. Du siehst, ich selber füge mich, der es noch viel schwerer fällt. Dein Zimmer eignet sich am besten fürs Vermieten, es hat separierten Eingang, ist angemessen möbliert, du kannst schließlich im Salon wohnen, ein junger Mann wie du bleibt ohnehin nicht viel zu Hause, soll auch in seiner freien Zeit lieber unter Leute gehen, als stubenhocken. Wenn ich einen Mieter, und am Ende gar in ganze Pension bekomme, dürfen wir aufatmen. Ich weiß, du wirst mich ja bald befreien und mir eine vornehme Existenz ermöglichen, du mein Stolz und meine Zuversicht, aber vorläufig muß ich eben die Zähne zusammenbeißen. Ich atme ja nur für euch, meine Kinder.«

Es läßt sich denken, daß Egon diesen stolzen Tag demütig endete: statt ein Wohlleben zu beginnen, mußte er sein eigenes Zimmer hergeben, sein Gehalt bar aufopfern und in der freien Zeit dafür sich unter Menschen umtun, ohne zu wissen womit, dazu war ihm eine plötzliche heldenhafte Sorge um Mutter und Schwester auferlegt, der er sich nicht gewachsen fühlte. Doch nahm er die zarten Andeutungen der Mama über seine eigenen männlichen Möglichkeiten sich immerhin zu Herzen und schöpfte bald aus diesem Teile der Ansprache Trost. Wie es nun einmal seine glückliche Art war, feuerte er sich in solchen Hoffnungen immer mächtiger an und beschloß, seiner Zukunft jedes Opfer zu bringen. Daß dies mittels der Weiblichkeit und für diese geschehen sollte, gefiel seinem leckeren Geschmacke, und wieder war es seine willensstarke, verehrte Mama, welcher er das neue Leitmotiv seines Lebens schuldete. Dieser Königsgedanke bestätigte alle seine natürlichen Neigungen und dünkte ihn schon aus diesem Grunde schicksalsnotwendig und einzig. Daß er dabei noch ein Erlösungswerk an einer so edlen Mutter, an einer verheißungsvoll heranreifenden Schwester sozusagen nebenher verrichten könne, war ein gewissermaßen sittlicher Ansporn für sein bewegliches Gemüt.

Daher hob sich auch in den nächsten Tagen seine Zuversicht ebenso rasch, wie sie vordem gesunken war. Wir sehen ihn eines Tages nach glücklich überstandener Arbeitszeit in seiner eleganten Kleidung, den Zylinder unternehmend aufs Haupt gesetzt, einen schwarzen Stock mit silberner Krücke, ein Erbstück des Vaters, in der Hand, aufrechter Haltung und seine gestielten Augen nach allen Seiten wendend durch die Straßen spazieren, welche von geputzten und vornehmen Leuten wimmeln. Wenn ein schönes junges Frauenzimmer in rauschenden Seidenröcken und den Hals aus Spitzen oder Federn neigend, zierlich an ihm vorüberwandelt, schnuppert er unwillkürlich nach dem leise wehenden Wohlgeruch und fragt sein unruhiges Herz: ist es diese, oder welche wird das Schicksal sein? und berechnet alle möglichen Mitgiften und Glückszufälle, und wie er sich je nach dem Gegebenen einrichten und lassen würde. Edel setzt er der Schwester eine Morgengabe, der Mutter eine anständige Rente aus, bestimmt für sich ein Automobil, einen kleinen alljährlichen Aufenthalt an der Riviera, ein gelegentliches Spielchen in Monte Carlo und dergleichen.

Für diese erträumten Süßigkeiten gedachte er sich eine wirkliche und wohlfeilere als Vorausbezahlung zu vergönnen, da er seit früher Jugend zu naschen gewohnt war. So trat er auch heute in ein wohlbekanntes Schokoladengeschäft und suchte in allen Fächern nach den beliebtesten Gegenständen, nach sammetweichen Katzenzungen, nach Fondants, die wie der Vorgeschmack der Seligkeit im Munde zerflossen, nach herben gebrannten Mandeln oder Likörbonbons. Bald hatte er ein ansehnliches Tütchen beisammen, welches die geduldige Verkäuferin bereithielt, der er manchen angenehmen Blick vergönnte, da sie hübsch war und die ständige Kundschaft des stattlichen jungen Mannes zu schätzen wußte. Hierauf begab er sich zur Kasse, um zu zahlen. Und da traf ihn der Blitz seines Schicksals aus den wehmütigsten, sanftesten Augen, die er je geschaut, aus braunen, groß offenen Augen, deren Blick wie ein üppiges Schokoladefondant in ihn eindrang und auf geheimen Nervenpfaden gar wollüstig durch den Körper bebte, so daß der ganze Egon de Alamor vom Kopf bis zu den Zehenspitzen mit brauner Sehnsucht erfüllt war. Gefaßt und entschlossen, wie immer, wenn es sich um seine Leidenschaften handelte, verbeugte er sich sofort vor der jungen Kassiererin mit den Worten: »Fräulein sind neu im Geschäfte, ich habe noch nicht die Ehre gehabt, Sie zu sehen, wann war ich doch zum letzten Male hier?« Die Kassiererin lächelte leise, wobei der Rosenglanz der Heiterkeit von ihren Wangen, ihrem Munde und ihren Augen auf Herrn de Alamor zurückstrahlte, der seinerseits glücklich zu lachen begann. Dies tat er vorsichtig, gleichsam fragend, ob es auch erlaubt sei, um sofort, als sie es herzhafter erwiderte, nun wie im seligsten Einverständnis mit lauter Stimme und vollem Angesicht dem Hochgenuß vereinter Heiterkeit sich zu ergeben. Da keine Kunden im Geschäft waren und Egon als häufiger Besucher des Ladens einiges Vertrauen der bediensteten Mädchen genoß, verbreitete sich das begonnene Gespräch über das ganze anwesende weibliche Personal, und Egon erfuhr, die Kassiererin sei erst unlängst eingetreten und habe den wichtigen Posten gegen Erlag einer nicht unbeträchtlichen Kaution erhalten. Sie sei eine Serbin, lachten die Jungfern. Als Egon darüber erstaunte, berichtigte das Fräulein, über und über errötend, er möchte das nicht wörtlich verstehen, denn schon als Kind sei sie nach Wien gekommen, stamme allerdings von serbischen Eltern ab und sei zeitlebens immerhin zu den Sitten der Heimat angehalten worden. Das fand nun Egon äußerst interessant und erlaubte sich bei dieser Gelegenheit vorzustellen, wobei er versicherte, auch sein Name deute auf fremdländische Herkunft, wenn er gleich noch nicht zu ermitteln versucht habe, ob seine Ahnen aus Ungarn oder Griechenland, Spanien oder Italien stammten. Doch sei er ein echtes Wiener Kind, was er von der Dame trotz allem wünschen, ja voraussetzen zu dürfen hoffe. Nun sollte auch sie von Rechts wegen ihren Namen verraten. Statt dessen errötete sie neuerdings wie eine Erdbeere und beugte ihr schönes, rundliches Gesicht mit dem schwarzen, gelockten Haar tief über das Kassabuch, bis die Mädchen lachend riefen: »Danitza heißt sie«. Egon war vollends entzückt und erbat sich die Ehre, das Fräulein heimbegleiten zu dürfen. Nun schämte sich die sogenannte Danitza, da sie sich binnen kurzer Zeit schon so oft errötend geschämt hatte, sich nun auch dieses Antrages zu schämen, zumal alle ihre Kolleginnen recht vertraute Begleiter nach dem Geschäftsschluß vorfanden. So sagte sie denn in aller Scham nicht nein, sondern schwieg, die Augenlider senkend. Alamor empfahl sich mit einer Verbeugung, in welche er alle Zuversicht legte, und spazierte draußen, ein Bonbon um das andere genießend, vor dem Laden auf und nieder, bis das Geschäft geschlossen wurde und Danitza als die letzte, zierlich, schlank und beschämt herausschlüpfte. Egon begrüßte sie voll inniger Ehrerbietung und blieb mit langen Schritten neben der Eilenden, die vorerst noch kein Wort sagte, sondern nur möglichst schnell den Blicken und Nachreden der Gefährtinnen zu entgehen suchte, denn jetzt schämte sie sich erst recht, daß sie sich nicht auch diesmal gut genug geschämt hatte, die Begleitung des jungen Herrn gebieterisch zurückzuweisen. Erst als sie aus den belebten Straßen in stillere traten und Egon unablässig redete und fragte, bekam er einsilbige Antworten. Und an diese wußte er wieder neue Fragen zu knüpfen, durch welche das scheue Mädchen schließlich doch in ein Netz von Rede und Gegenrede gefangen wurde, bis sie dann ganz munter und immer zuversichtlicher plauderte, gelegentlich ihren Begleiter von der Seite her mit einem raschen Blicke streifte und hie und da lächelte, um wieder in den ihr eigenen schwermütigen Ernst, wie in den dunklen Schutz einer dämmernden Natur zurückzuflüchten. Egon erfuhr, daß sie bei ihrer Mutter, einer Witwe, lebe und eigentlich nur, um nicht müßig zu bleiben, sowie um der üblen Laune, Herrschsucht und Unverträglichkeit der kränklichen Frau tagsüber zu entrinnen, ihre Stellung gesucht und angenommen habe. Die Mutter sei täglich über diesen schlecht angebrachten Eifer ihres Kindes empört, welches unbewacht allen Versuchungen der Großstadt geradezu entgegengehe, statt sie zu Hause sittsam zu vermeiden. »Da hat sie's nun«, lachte Danitza und errötete gleich auch und schämte sich wieder, während Egon vergnügt diese Bestätigung seiner großstädtischen Gefährlichkeit begrüßte. Damit war eingestanden und bezeugt daß er in eine unbewachte schöne Mädchenseele Einlaß gefunden, woraus sich wieder viel Weiteres ergab. Zufrieden tröstete er das Fräulein, es werde ihr nichts Übles passieren, vielmehr möchte sie sich von ihm nur der edelsten Gefühle und Handlungen versichert halten. »Das ist alles recht schön und ich will es Ihnen gern glauben, ich kann mich ja auch jeder Ungebühr erwehren, aber jetzt lassen Sie mich allein weitergehen, denn wir sind bereits in der Nähe meiner Wohnung. Ich möchte hier nicht mit einem Herrn gesehen werden. Also adieu!« Und damit eilte sie auch schon davon, so daß Egon, ehe er sich noch recht besonnen, ihre schlanke Figur über die Gasse ins Dunkel verschwinden sah. Obgleich er dergestalt seinen Sieg nicht, wie er gewünscht hätte, ausnützen, weder um ein neuerliches Zusammentreffen ersuchen, noch seine Huldigungen deutli-

cher erklären konnte, war er dennoch recht erhoben und zuversichtlich. Er wußte genug: dort war ihr Schokoladengeschäft, hier die
Wohnung. Bereits am nächsten Tage trat er, seinen Hut ehrerbietig
lüftend, an die Seite Danitzas, als sie ihren Laden verließ. Und,
welch glückverheißendes Zeichen! Sie grüßte ihn freundlich, nicht
fremd, ja sie lächelte sogar und zürnte nicht.

Um diese Zeit starb ein Oheim Egons, der Bruder seiner Mutter
und Besitzer eines Weingutes in einem kleinen niederösterreichi-
schen Orte. Von dieser Abstammung aus altansässigem Bauernge-
schlechte und dem kleinen Erbe aus dem Erlös verkaufter Rieden
leitete eben der Stolz der Mama jenes hohe Wiegenlied her, das bei
ihrer Geburt angeblich erklungen.

Egon de Alamor erfüllte das Bureau mit der hoffnungsvollen
Nachricht einer angefallenen Erbschaft, welche neuerliche, wohlbekannte Anleihe-Unternehmungen rechtfertigte. Denn ein Mann, der
erbt, hat allerhand unvorhergesehene Auslagen und kostspielige
Förmlichkeiten, von der Anschaffung geziemender Trauerkleider
bis zur Fürsorge um eine gedeihliche Abwicklung verwirrter
Rechtsgeschäfte. Und da man nun schon so viel Geld in die Hoffnungen des jungen Mannes hineingesteckt hatte, mußte man wohl
oder übel immer mehr nachschießen, um die Angelschnur mählich
zu verlängern, mit welcher man die Beute schließlich dennoch her-
vorzuziehen gedachte, die man selber in den Brunnen geworfen.
Der Brunnen aber ließ vorderhand leider noch gar keinen Grund
spüren. Der willkommene Todesfall bot weiter auch den Anlaß zu
wiederholten Urlaubstagen. Keine Woche verging, wo den Egon
nicht eine gerichtliche Tagsatzung, eine Erbenkonvokation oder
Einvernahme ins Weinland beriefen, bei welchen seine Gegenwart
unerläßlich war. Von diesen Ausflügen kehrte er immer neubelebt
zurück, das Gesicht vom Genusse der besten Trunksorten, die im
Keller des dahingeschiedenen Oheims lagerten, gerötet, und die
ohnehin bewegliche Zunge ganz gelöst, so daß sie sich in tausender-
lei Scherzen, Erzählungen, Andeutungen erging und vor den Amtsbrüdern ein schönes Luftschloß von Erbhoffnungen aufrichtete,
welches zwar mit den notwendigen Hypotheken belastet, aber doch
in ungeminderter Pracht dastand.

Egon de Alamor hatte mehrere Eisen im Feuer. Erbte er doch nicht bloß, sondern liebte auch, liebte glücklich, wie er nicht ohne Stolz bekannte, liebte ein Wesen, das seiner würdig war, ein schönes Mädchen, welches ein Vermögen besaß und mehr noch zu erwarten hatte. Es war bloß eine Frage der Zeit, bei Egon war alles nur diese Frage, daß er sie von der widerstrebenden Mutter gewann und mit der Braut deren gutes Zubehör. Es war nur eine Frage der Zeit, daß er aus dem schwülen Engpaß seines derzeit leider mißlichen Standes treten und wie der volle Mond im Lichte wahrhaftigen Silbers über die Höhen des Daseins erglänzend wandeln werde. Auch zu Hause bereitete sich eine glückverheißende Wendung vor, wie er entdeckte. Auf Grund dieser vielseitigen, nur vom Verlaufe der Zeit bedingten Glücksfälle steigerte er seinen Lebensstand, er besuchte die Theater, namentlich Operetten, deren leichtfaßliche Melodien er vor sich hinträllerte und nahm die Anregungen der Kunst an der Seite eines geliebten Wesens auf. Um zehn Uhr vormittags brachte der Kanzleidiener dem jungen Manne ein wohlduftendes Gabelfrühstück, welches mit einem Krügel frischen Bieres begossen wurde. Nach hochherziger Überlassung des Kleingeldrestes an den Diener erfreute sich Egon etlicher seiner Zigaretten, während seine Gönner und Geldgeber ernst und still über ihre Akten gebeugt, Amtsveranlassungen bewerkstelligten und mit Summen rechneten, die von dem Fabeltier: Eisenbahn verdient wurden, das ihnen ein dürftiges Monatsgehalt auswarf wie ein Stößchen geringfügigen Rauches, der in der Luft verweht.

Inmitten des Sommers nahm Egon einen achttägigen Urlaub. Er wollte ihn in einem schlesischen Waldorte verbringen, wo die Mutter seiner Braut ein stattliches Anwesen besaß.

In der Tat waren die Liebesumstände des Jünglings wohlgediehen. Das Mädchen, unerfahren und eben mannbar, überließ sich mit der Kraft eines zuversichtlichen Lebenswillens der Freude, geliebt und begehrt zu werden, sonnte sich an ihrem eigenen Feuer und suchte, vaterlos, voll Trotz und Verlangen nach Freiheit, in der Heimlichkeit eines täglich erneuten Abenteuers, was ihr vom Argwohn einer törichten, boshaften Mutter verwehrt wurde. Jede List schien erlaubt und zugleich ein Spaß mehr. Wird doch dem jungen Blut der sogenannte Ernst des Lebens sein eigentliches Hauptvergnügen. Zudem schien, was sie tat, auch dem strengsten Gewissen zulässig. War Egon nicht ein anständiger, ein hübscher, ein junger Mensch und verheißungsvoll genug für einen Gemahl als wohlbestallter Beamter, der einer gesicherten Zukunft entgegenging? Wer etwas von Herzen begehrt, der ist um tausend Gründe nicht verlegen, wenn ihm schon der einzige nicht genügt: ich will. So genoß sie denn die schönen Frühlingsabende an Egons Seite, heute auf verschwiegenen Straßen lustwandelnd, morgen im Theater bei einer munteren Musik, an Sonn- und Feiertagen auf Wegen über Land durch den schattenfreundlichen Wienerwald, mit Rasten in Gasthäusern auf weitschauenden Höhen an buntgedeckten Tischen, umgeben von ähnlichen Schicksalspärchen. Die ganze Welt warf als ein gefälliger Spiegel dies eine Bild gesellter Neigung zurück und Danitza nahm es wieder als Aufforderung entgegen, sich selbst als hübsche Hälfte einer solchen gesetzmäßigen Zweiheit zu behagen.

Mit der Einladung Egons nach dem schlesischen Sommersitz hatte es seine eigene Bewandtnis. Danitza besaß eine Schwester namens Zorka und einen Bruder Mirko, die besser als sie die Mutter zu lenken und für ihre Zwecke auszunutzen verstanden. Mirko war ein sogenannter Jurist und Reserveleutnant, welcher seinen studentischen Beruf mit dem militärischen in der Weise vereinigte, daß er akademische Unterhaltungen in seinem Waffenrocke besuchte und tagsüber seinen Katzenjammer auf dem Sofa im endlosen Zigarettenrauch philosophisch ausdämmerte, um abends von der Mutter die nötige Barschaft zu neuen Unternehmungen zu erheben. In Bewunderung und Wertschätzung seines Standes und Berufes gab sie willen- und wehrlos das Geforderte ab. Zorka aber war es gelungen, sich trotz aller grimmigen Beaufsichtigung erfolgreich in einen Postassistenten zu verlieben, welcher sich einer ansehnlichen Uniform und einer hohen, der Offiziersmütze getreulich nachgebildeten Dienstkappe erfreute. Aus einiger Entfernung konnte er mit seinem Galanteriedegen, seinem Flottenrock und der lichten Hose beinahe für einen Leutnant angesehen werden. Als die Alte diesem Verlöbnis auf die Spur gekommen war, hatte sie zuerst vor Wut über die Eigenmächtigkeit der Tochter geschnaubt. Doch zog Zorka bei der leidenschaftlichen Auseinandersetzung, unverschämt wie sie war, ohne weiteres einen großen, alten, mit Silber und Elfenbein ausgelegten Revolver, ein Prachtstück des serbischen Vaters, von seinen Ahnen wahrscheinlich aus ihren Beutezügen im roten Gürtel getragen, aus dem Schrank hervor, streckte ihn mit großer Gebärde vor sich hin und drohte, jeden, der sie an ihrem Glücke hinderte, und dann sich selbst niederzuschießen. Nicht so sehr dies untaugliche Mittel, als ein geheimes Zauberwort bewog die Mutter, schließlich der Verlobung zuzustimmen: der Liebhaber war – Beamter. Vor diesem Stand empfand die Alte eine geheime, unbegrenzte Verehrung, indem er nach ihrer Vorstellung die Untertanen aus tausend Röhrchen gesetzmäßig aussaugen und strenge beherrschen durfte, um höchst stattlich dabei zu gedeihen und mit Würden, Titeln, Orden belohnt zu werden. Nachdem sie sich von der Wirklichkeit und Wahrhaftigkeit der Stellung des Postassistenten überzeugt hatte, konnte sie nicht nein sagen. So durfte Zorka auf dem Lande ihre Verlobung feiern.

Bei dieser Gelegenheit dachte Danitza ihre ähnlichen Pläne zu fördern, denn auch Egon de Alamor war ja Beamter und folgerichtig gegen ihn ebenfalls nichts ernstlich einzuwenden. Der Heimlichkeit müde, wollte sie endlich ein paar Tage in allen Ehren, doch vor der ganzen Welt ihren erklärten Liebhaber bei sich begrüßen, mit dem eleganten Jüngling Staat machen, ein ehrenvolles Verlöbnis herbeiführen, kurz es ebenso gut haben wie die Schwester. Egon sollte, gleichsam eingeschmuggelt, auf einmal im Garten in der Gesellschaft auftauchen, und das weitere würde sich finden. Er war zu allem bereit. Danitza trat also den ihr vom Geschäft zugestandenen Urlaub an, fuhr mit ihrer Familie nach Schlesien voraus, Egon sollte ihr folgen.

Er tat dies in seiner ansehnlichsten Sommerausrüstung und langte denn auch am Abend eines heißen Julitages an. Er trug einen, eben auf Kredit unter Zusicherung pünktlicher Ratenzahlungen angeschafften photographischen Apparat an einem Riemen um die Schulter, denn er gedachte, die Braut und seine künftigen Anverwandten und sich selbst in mehreren Aufnahmen festzuhalten, wie es sich bei Verlobungen schickt. In zugleich gehobener und ängstlicher Gemütsverfassung bangte er den Ereignissen entgegen. Danitza erwartete ihn auf dem Bahnhofe in entzückender ländlicher Kleidung, wie eine Bäuerin, mit rot geblümtem Rock und Mieder und weißem, blühendem Hemde, aus dessen Krause und weiten Ärmeln eine gebräunte Haut hervorsah, in welcher die empfangene Sonne selbst zu schimmern schien. Ihre Wangen, glühend vor Hitze,

Freude, Erregung, glichen zart beflaumten Pfirsichen und legten sich rund und kräftig in seine Hand, als er sie streichelte. Mutig umarmte sie den Egon ohneweiters im Angesichte der ganzen Station, als gedächte sie hiermit einen unwiderruflichen Zustand herbeizuführen und feierlich zu erklären. Diese ihre Gebärde hatte eine solche Reife und Erhabenheit, daß der magere, fast schlotternde Knabe dabei wie ein beherrschtes Kind, sie selbst aber als ein mütterliches Frauenzimmer erschien, das sie ja wie jedes Weib, im Stande der Zärtlichkeit von Natur aus dem Manne überlegen, auch wirklich war. Indem sie den Erstaunten, der auf dieses unerwartete Übermaß von Empfangsleidenschaft um so weniger gefaßt war, als sie ihn bisher in derlei Annehmlichkeiten recht kurz gehalten hatte, so fest an die Brust gedrückt hielt, daß ihm der Atem ausging, sagte sie in ihrer Weise, die gelegentlich noch ein wenig fremd klang und das freilich entwöhnte Kind einer andern Sprachmutter verriet: »Ach, Egon, wie hab ich dich viel lieb.« Dann zog sie seinen Arm unter den ihrigen und schritt mit ihrem Verlobten wie mit einem schönen Kriegsgefangenen an den aufmerksam beobachtenden Stationsbeamten und dem sonstigen Publikum vorbei, die Straße nach dem Dorf entlang.

Sie hatten eine gute halbe Stunde Weges vor sich, die Danitza verwenden mußte, Egon allerhand Verhaltungsmaßregeln einzuschärfen. Zu seinem Entsetzen erfuhr er, daß Danitzas Mutter ganz und gar nicht auf die kommenden Ereignisse, also auf den kommenden Bräutigam der Tochter, vorbereitet sei. Danitza aber lachte mit furchtbarer Entschlossenheit über alle seine Bedenken und Einwände und preßte seinen Arm heftig an ihre Brust, als wollte sie ihn selbst an einem Gedanken des Zurückweichens verhindern. So langten sie denn vor dem Landgut an, das sich bei näherer Betrachtung als ein kleines, weißes, freundliches Parterrehäuschen mit Schindeldach erwies, von einem mäßigen Obstgarten umgeben, der an weite offene Wiesen und Äcker grenzte, die aber nicht mehr zum Besitze gehörten.

Durch eine Holzgittertür eintretend, fanden sie sich in einem dichten Gebüsche von Flieder, Hollunder und Stachelbeersträuchern, von wo sie unbemerkt eine Aussicht auf den Vorplatz des Häuschens hatten. Unter einem auf vier Pfählen übergebauten

Holzdache, das von wildem Wein überwachsen, eine sogenannte Veranda darstellte, war die ganze Gesellschaft versammelt.

In der Mitte vor einem runden Tische auf einem Rohrfauteuil thronte die Mutter, wie eine Herrscherin ihren Kreis überschauend und beleibt, wie sie war, gleichsam von der weisen Natur selbst zum Gebieten in sitzender Stellung bestimmt. Ein großes breites Gesicht, mit Brillen bewehrt, blickte streng unter wirrem, weißem Haar hervor, welches aus einer bunten Mütze quoll. Ein langer Hals konnte sich gewandt hierhin und dorthin kehren, wo es etwas zu befehlen gab. So brauchte sie bei ihrer lauten Stimme sich mit dem übrigen Körper gar nicht zu rühren, da sie mit Hilfe des beweglichen Halses und Hauptes ihr Gesichtsfeld durchaus beherrschte und mit ihrer Rede sehr wohl unterwarf. Auf ihrem Busen, dessen Masse in einem buntgeblümten Morgenrocke über alle Gebühr zur Geltung kam, hob und senkte sich wie ein Schifflein auf bewegter See ein schwarzes griechisches Emailkreuz, das Zeichen ihres angestammten Glaubens. Mit den beiden feisten, beringten Händen wühlte sie in einer Schüssel Erbsen, die sie offenbar fürs Abendessen auslöste, wobei ihr die schlanke Zorka half, welche neben dem grün gefüllten Gefäß auf dem Tische saß, während ihre Beine die Schultern des Postassistenten berührten. Dieser hockte nämlich auf einem Schemel, so recht ein Sinnbild ehrbarer Unterwürfigkeit. Mirko aber, in einer schmutzigen Offiziersbluse, einen roten Fez auf dem Kopfe und einen langen Tschibuk im Munde, spazierte auf und nieder, langte zuweilen in die Schüssel und aß die leckeren Erbsen, um mit der enthülsten Schote dann entweder die Mutter oder die Schwester oder den zukünftigen Schwager zu bewerfen. Die Mama schlug, so oft sie getroffen wurde, eine behaglich zornige, grunzende Lache auf, Zorka schrie halb geärgert, halb freundlich, der Postassistent lächelte verbindlich. Danitza und Egon hatten nicht lange Zeit, dieses Gemälde ländlichen Familienfriedens zu betrachten, denn mit einem Male drehte die Alte das Haupt nach allen Seiten und fragte: »Wo bleibt denn die Danitza eigentlich? Ist sie denn noch nicht mit dem Anziehen fertig, sie sollte uns doch helfen.« – »Sie hat wieder lang geschlafen nach Mittag,« gähnte Mirko hinter einer blauen Wolke her.

»Danitza,« schrie die Mutter und wiederholte dreimal den Ruf.

»Da bin ich,« antwortete die Vermißte und trat. Egon nach sich ziehend, aus dem schützenden Gebüsche hervor; »und sieh, wen ich mitgebracht habe.«

Hiermit waren auch schon beide unwiderruflich vor dem Tische.

Die Mutter saß da, das Haupt in regungslosem Staunen vorgebeugt, Zorka war vom Tisch herabgesprungen und stand, der Postassistent hatte sich vom Schemel erhoben, nur Mirko paffte ruhig weiter und ging auf und ab, ohne sonderliche Neugierde.

»Wer sind Sie, wer ist das, was will er?« fragte die Alte. – »Herr Egon de Alamor, Mama, ein guter Bekannter aus Wien, der so liebenswürdig war, meiner Einladung hierher zu folgen. Soeben hab ich ihn von der Bahn abgeholt.«

»Die gnädige Frau entschuldigen schon, ich bin so frei, ich war so kühn.«

»Wie kommen Sie, was hast du, wie kann man?« keuchte Frau Milena Bozdarevich.

»Ich mag zu meinem Urlaub auch meine Gesellschaft und Unterhaltung haben, wie Zorka, und da wir uns neulich verlobten, wollte ich meinen Bräutigam auch gleich mit euch bekannt machen. Da ist er also.«

Der Postassistent schlug die Hacken zusammen und verbeugte sich förmlich vor Egon, welcher »sehr erfreut« stammelnd, entgeistert seinen Namen murmelte.

»Bräutigam? Was soll das heißen? Verlobt? Warum heiratest du nicht auch gleich, warum gehst du nicht auf und davon, warum lebst du nicht auf Tisch und Bett so geschwind, wie du bist, Ungeratene, Verfluchte, und bringst deine graue Mutter mit Schande ins Grab. Ich werde noch sterben, bei Gott.«

»Sieht der Egon so aus, als ob er mir oder gar dir was antun könnte? Aber wenn's dir nicht recht ist, können wir ja gleich auch fort. In einer Stunde geht der Zug nach Wien. Wir kommen zurecht, wenn wir uns beeilen. Mußt's nur sagen. Aber es ist besser, du richtest ein Abendessen für ihn, denn er wird hungrig sein und du magst wohl die Gastfreundschaft nicht verletzen.«

Da zuckte ein heiliger Schmerz über das trauervolle Gesicht der Serbenmutter.

»Du Schlaue, Brot und Salz muß ich ihm freilich bieten.«

»Getrost, hoffentlich noch mehr,« lachte Danitza.

»Aber du bist eine Schamlose. Was wird sich der Herr von dir denken, gemeines Mädchen? Was sagt man? Mirko, was sagst du? Zorka und du? Und Sie, Herr Assistent?«

Mirko pfiff durch die Zähne.

In der Folge bemühte sich Egon, seine eigentümliche Lage zu erklären, seinen Stand als Beamter zu betonen, wobei er sich jedesmal stolz und schlank aufrichtete. Die alte Serbin maß ihn recht ingrimmig und fragte ihn über diesen Punkt sehr eindringlich aus. Schon seine Jugend und Zivilkleidung machten sie mißtrauisch, denn sie konnte sich einen Beamten nur eben als Diener des Staates in einer Uniform und mit dem Degen an der Seite vorstellen, wie den Herrn Postassistenten, eine Privatbahn und deren Leute fand sie von vornherein verdächtig. Gab es denn so etwas? Danitza mochte ihr noch so eifrig zureden, aber auf dem Bahnhofe war immer ein Stationsvorstand mit roter Kappe und zwei Rosetten auf dem Kragen zu sehen, also doch in Uniform. Egon sagte, im Verwaltungsdienste, welchem er anzugehören die Ehre habe, sei es nicht üblich, die Uniform zu tragen. Sie schüttelte den Kopf und glaubte nichts. Dann sprach Egon von seinem seligen Vater, welcher als Vorstandsadjunkt beinahe an die Spitze eines Dienstzweiges getreten wäre und manches anerkennende Dekret besaß, das sie zu Hause unter Glas und Rahmen verwahrten. Und er sprach von seiner Mama, die aus vornehmer Familie stammte, deren letzter männlicher Sproß jüngst das Zeitliche gesegnet, wonach es in Erbschaftsangelegenheiten manche Tagfahrt zu besuchen galt. Die alte Serbin schüttelte den Kopf: wo es Bargeld gibt, braucht man kein Gericht. Aber was sei er eigentlich, wie heiße er, was bedeute das: de Alamor, was habe er für einen Titel und Gehalt und Pensionsanspruch und Aussichten? Egon fühlte in diesem Augenblicke die ganze Schwierigkeit, wie ein Menschenkind sich selbst erklären und rechtfertigen soll. Was heißt das: Egon? Was heißt das: ich bin? Was heißt de Alamor? Und Diurnist? Und sein Monatsgehalt? Wie konnte man von einem solchen Bezuge sprechen? Er gebrauchte in dieser Qual, wie ein Fisch auf dem Trockenen den Mund weit öffnend, mancherlei ausgeholte Redensarten, um seine alles in allem höchst vorläufige Stellung und Persönlichkeit zu erläutern. Er habe noch zwei Fachprüfungen vor sich, genieße aber schon zurzeit alle Rechte eines wirklichen Beamten, so dürfe er zum Beispiel in der zweiten Klasse fahren, und was dergleichen Auszeichnungen mehr waren. Während dieses Examens, das der Jüngling nur mit einigem Stammeln und unter fortgesetzten Beteuerungen seiner Zukunft, Berufungen auf seine Mama und seinen gottseligen Papa und die eigene unbefleckte Ehre, auch eingeschüchtert von Mirkos spöttischem Vorsichhinpfeifen und des Postassistenten fragenden Blicken keineswegs genügend bestand, hatten die beiden Mädchen im Hause das Essen zugerichtet und deckten endlich den Tisch, so daß ein doppelt ersehntes Nachtmahl die mißliche Untersuchung erfreulich zu unterbrechen verhieß. Die Alte lud endlich mit hoheitsvoller Gelassenheit auch Egon ein, Platz zu nehmen. Die reichlichen Speisen, das kühle Bier, die schöne Abendluft, deren letzter roter Glanz über dem Garten lag, in welchem ein paar zutrauliche Vogelstimmen gleichsam schüchterne Verabredungen für die Sternennacht trafen, machten das Beisammensein versöhnlicher, wenigstens die jungen Leute vertrugen sich heiter, nur die Alte nährte still ihren Groll mit dem Imbiß und warf zuweilen einen prüfenden Blick auf Egon, dem der Jüngling auswich, weil sie ihm das Essen mit ihrem bitterbösen Anschauen vergiftete. Nachher zog ein schöner bleicher Vollmond auf, und Zorka ergriff den Arm des Postassistenten, während Danitza ihrem Verlobten einen leisen Wink gab und ebenfalls aufstand. Der junge Mann verbeugte sich ehrerbietig vor der strengen künftigen Schwiegermama, küßte ihre fleischige Rechte und dankte ergebenst für die unvergeßliche Gastfreundschaft, konnte aber die Antwort gar nicht abwarten, denn Danitza zog ihn am Arme in den Garten fort. Mirko streckte die Beine auf einen zweiten Stuhl aus und blieb bei der Alten sitzen, die den Kopf schüttelte, als ob ihm schließlich doch eine rechte Eingebung für die unselige Sache entfallen müßte.

Zorka und der Postassistent gingen, zärtlich die Arme ineinander verschränkt, über die Gartenwege und verloren sich in den Büschen. Danitza und Egon wandelten in der entgegengesetzten Richtung und getrauten sich nicht, ein Gleiches zu tun, um der Mutter keinen Anlaß zum Einschreiten zu geben. Sie berieten flüsternd. Die Familienbegegnung war doch recht zweifelhaft verlaufen, und der Ausgang blieb mehr als ungewiß, da die alte Serbin so unbeugsam dasaß. Was sollte Egon tun, wo schlafen? Danitza suchte ihn zu trösten, aber er blieb bekümmert, denn die Alte hatte ihn eigentlich beleidigt, er bedurfte einer Genugtuung, konnte sie aber bei der gegebenen Sachlage nicht wohl verlangen, sondern nur sich schämen. Egon hätte ganz gut in einem Bodenkämmerchen nächtigen können, das für einen Gast leicht zuzurichten war. Aber dies würde die Alte wohl unter keinen Umständen erlauben. In ihrer Verlegenheit umfaßte Danitza schließlich, helle Tränen im Auge, doch noch ihren Liebhaber, blieb unbekümmert im vollsten Mondlicht auf dem Wege mit ihm stehen, beide Arme um seinen Hals gelegt, und näherte gerade ihre schmerzlich geöffneten Lippen den seinen, als von der Veranda her laut und bitterböse die mütterliche Stimme scholl. Erschrocken ließen die beiden gleich die Arme sinken und kehrten beschämt zurück. Die Mutter sagte strenge, sie habe dem Fremdling ihre Gastfreundschaft nicht verwehrt, aber der gute Ruf ihres Hauses und der Töchter verbiete, daß er zu so später Stunde hier verweile. Der Herr möchte sich also in Gottesnamen empfehlen und anderswo Quartier suchen. Auch der Postassistent schlafe im Wirtshause, wo sich wohl noch ein Lager würde finden lassen. Damit rief sie auch Zorka und deren Bräutigam herbei und erlaubte Danitza, Egon wenigstens nach dem Dorfe zu begleiten, wenn Mirko, der Bruder, zur Aufsicht mitginge. Brummend erklärte sich dieser bereit, und nach einer verlegenen Begrüßung machte sich die junge Gesellschaft auf den Weg, während die Serbin, die bunte Mütze auf dem Haupte, bei dem einsamen flackernden Windlicht in arges Grübeln versunken sitzen blieb.

Betrübt hängte sich Danitza in Egon ein, dem der photographische Apparat drückend, unbenutzt und an die Vergeblichkeit aller menschlichen Pläne und Voraussicht mahnend, an der Seite baumelte. Das Mädchen entschuldigte sich zärtlich, solches Mißgeschick verschuldet zu haben, Egon tröstete sie bekümmert. Hinter den beiden Pärchen murrte Mirko wie ein strenger Schäferhund. Zorka schäkerte und lachte mit ihrem Postassistenten ohne Arg zum Neide der unglücklichen Schwester, die still neben Egon einherging, ratlos, was nun zu beginnen sei. Plötzlich lächelte Egon selig: er hatte einen Einfall. Er wollte seiner Mama telegraphieren. Die würde alles in der schönsten Weise ebnen und taktvoll ordnen. Welche herrliche Frau war sie, vornehm klug, gütig, o, Danitza müsse sie kennen und lieben lernen! Das war das Richtige! Und eilig nahm er Abschied, um spornstreichs auf die Bahnstation zu rennen und dort das Telegramm aufzugeben, womit seine Mutter zur Schlichtung alles Streites entboten werden sollte. Nachdem er dies besorgt, wandelte er beruhigt und getröstet, eine späte Zigarette genießend, ins Dorf und fand im Gasthof noch ein Quartier.

Am anderen Morgen stand Danitza vor seinem Fenster und rief ihn durch das verabredete Pfeifen einer beliebten Operettenmelodie herab. Egon trat denn auch in aller Zierlichkeit binnen Kürze hervor, nach gutem Schlaf wieder heiter und zuversichtlich. Danitza dagegen berichtete eingeschüchtert, wie sie gestern, mit Zorka und ihrem Bruder spät abends heimgekehrt, die Mutter nicht mehr wach angetroffen habe. Heute beim Frühstück hätte diese ein unglückverheißendes Gesicht von verschlossenem Ingrimm gezeigt und kein Wort gesprochen. Aber die Böse möge sich hüten, denn sie, Danitza, sei gar wohl imstande, ihr auf und davon zu gehen, nach Wien zurückzukehren, ihre Habseligkeiten zusammenzupacken, sich irgendwo einzumieten und auf eigene Faust nach ihrem Wohlgefallen zu leben. Egon beruhigte die aufgeregte Braut. Nun war es an ihm, sich als Mann und überlegen zu erweisen, die Geliebte vor unklugen Schritten zu bewahren, um ihren Ruf besorgt, alle peinlichen Übereilungen zu vermeiden. Seine Mama würde ja mit dem nächsten Zuge in ihre Arme eilen und dann müsse sich alles zum Besten fügen. Danitza fragte errötend, ob seine Mama denn von ihr und dem Verlöbnis wisse. Egon lächelte, halb verlegen, halb eitel und antwortete, vor einer solchen Frau habe er kein Geheimnis. Schließlich erwartete das junge Mädchen die Friedensstifterin hier vor dem Gasthofe, während er zur Bahn eilte, um die Mutter abzuholen. Die entstieg prompt dem Zuge, in hochelegantester schwarzer Seidenkleidung, einen weitläufigen Krepphut mit Schleier, Jettperlen und dergleichen auf dem wohlfrisierten Kopfe, mit geröteten Wangen, blitzenden Augen und sich in einer Weise darstellend, welche sowohl ihre ernste Fraueneinsamkeit, als die Würde ihres gesellschaftlichen Standes und eine dauernde Anmut zur Geltung brachte, ein umfängliches, klirrendes Réticule nebst einem Sonnenschirm in der Hand. Sie umarmte Egon voll Rührung und berichtete, wie sie beim Empfange des unerwarteten Telegrammes auf den Tod erschrocken, sich doch gleich, da es dem geliebten Sohn zu helfen galt, gefaßt habe, um hierher zu eilen. Durch Egon von allen Vorfällen unterrichtet, zeigte sie sich entsetzt über so viel Unbildung und Roheit. Nicht ohne bedenkliches Kopfschütteln und scharf betonte Frage gab sie Egon zu verstehen, ob er denn in der Tat und nach allen Richtungen erwogen habe, in welches Bett er sich legen wolle, denn auf solchen Nesseln einer schwiegermütterlichen Ungüte sei schwer zu schlafen, und es möchte ihn am Ende seiner Haut gereuen. Ob denn die alte Serbin wirklich auch reich sei. Egon, durch ihre Anwesenheit allein schon beruhigt und von aller Sorge befreit, übersprudelte von Schilderungen und Beweisen des sicheren Vermögens und Glückes. Da er verliebt war, sah er nicht nur die Reize des angebeteten Mädchens, sondern auch ihre Lebensumstände höchst ansehnlich, sozusagen feuervergoldet. Jeder Zweifel verwandelte sich unter seinen Blicken in die kostbarste Gewißheit, zeugte doch die Strenge und Grausamkeit der Alten von dem unfehlbar mächtigen Schatze, auf welchem sie als ein hütender Drache saß. Wohl oder übel mußte ihm denn auch die Dame de Alamor glauben, welche mit Tränen der Rührung und Zärtlichkeit der angstvoll wartenden Danitza entgegenkam, sie in ihre Arme schloß, auf beide Wangen küßte, dann einen Augenblick prüfend vor sich hielt, indem sie die Hände auf die Schultern des jungen Mädchens legte und Egon mit mütterlichem Stolze zunickte: »Mein Sohn hat keinen schlechten Geschmack, das darf ich schon sagen.« Danitza lächelte unter Tränen vergnügt und wieder aufgerichtet und alle drei gingen zuversichtlich dem Orte des Schreckens zu. Taktvoll rechtfertigte Mama de Alamor das Benehmen der Serbenmutter mit der notwendigen Vorsicht und Sorgfalt, die über jedem Schritte eines heiratsfähigen und so hübschen Fräuleins wachen müsse; sei doch leider ein unerfahrenes Geschöpf inmitten der Großstadt der lauernden Lüsternheit, Genußsucht und verantwortungslosen Mitgiftjägerei der Männerwelt bösen Gefahren ausgesetzt. Anderseits sei freilich ihr Egon wieder eines besseren Vertrauens würdig und bei einiger Menschenkenntnis könnte man wohl von seinem lieben Gesichte ablesen, daß er nicht fähig sei, ein Mädchen zu kränken. Darüber wolle sie denn die Dame Bozdarevich genügend aufklären.

Unter diesen Gesprächen waren sie ans Ziel gekommen, Mama de Alamor betrat furchtlos den Garten durch das bekannte Gitterpförtchen, während die Kinder draußen den Ausgang der Unterredung abwarten sollten.

Die Verhandlungen wurden recht wie zwischen zwei mißtrauischen, selbstbewußten und auf ihre Stellung pochenden Mächten geführt. Die alte Serbin, überrascht und erstaunt durch das unerwartete Erscheinen eines solchen neuen Feindes, sah sich gegenüber dem schmeichelnd freundlichen, aber bestimmten Auftreten der Vorstandsadjunktenswitwe immerhin zu einer gewissen Höflichkeit genötigt, die sie aber mürrisch und wortkarg auf das Nötigste beschränkte. Schwerfällig wahrte sie in ihrem Hause und Machtkreise eine verbissen zuwartende Haltung, während die andere, zum Angriff mit ihren diplomatischen Finten gezwungen, durch ihr Wesen selbst alles Mißtrauen zu entkräften suchte, das ihrem Sohne angetan worden.

So maßen die beiden Weiber eine Stunde lang ihre Kräfte, scheinbar gelassen, in Wahrheit mit Haß und Verachtung geladen. Die Serbin verabscheute diese angebliche Dame von Welt, deren Vorzüge sie nicht glaubte und hinter deren elegantem Auftreten sie allen Schwindel einer standesmäßigen Lüge witterte. Hinwiederum konnte die Vorstandsadjunktenswitwe das üppig dasitzende, grob aufprotzende Weib auch nicht anders, als mit Verachtung anschauen, denn was bedeutet Geld ohne Gesittung, Vermögen ohne feineres Benehmen und noch dazu, wenn es sich nicht offen auf den Tisch zählt und nach Rechtstiteln, Rentenpapieren und barer Münze dartut!

Die Serbin sprach wenig, erstens, weil sie der Rede nicht eben mächtig, zweitens aber, weil sie ja aufgesucht worden war, um gebeten zu werden; die de Alamor aber redete viel und mit Geläufigkeit, weil sie ein gewandtes Mundstück hatte und infolge ihrer schwierigen Position auf eilige und täuschende Beweisgründe bedacht sein mußte. So schwirrten diese wie behende Reiterschwärme um die unbewegliche Hauptmacht des Gegners.

Welch ein Sohn war ihr Egon, wie schön, wohlgeraten und tugendhaft, welch einer Familie gehörte er an und wie ehrte er die Ehre dieser Abstammung! Sie gab einen kurzen Abriß der Geschichte ihres eigenen und des Lebens ihres seligen Gemahls, sie wiederholte, doch ohne die sonstigen Mollakkorde, jenes erhebende Lied, das angeblich an ihrer Wiege schon erklungen, verstärkt durch einen bedeutenden Abgesang von dem Ansehen ihres Gemahls, der, von seiner Verwaltung mit den schwierigsten Geschäften betraut, einer ehrenvollen Laufbahn allzufrüh durch den Tod entrissen worden. Wie stünden aber trotzdem sie und ihre Kinder da! Wer könnte ihnen auch nur, was schwarz unter einen Fingernagel gehe, Übles nachsagen! Freilich, Beamten seien keine Schweinezüchter, die Gold erhandelten, bemerkte sie spitz, was aber die Serbin gar nicht zu verstehen schien, doch seien es Männer von Ehre, die den Reichtum eines guten Namens und die Vorzüge der Bildung sammelten. Man möge daraufhin nur ihren Egon betrachten, welche Gaben er besitze und gleichsam verschwende wie ein reicher Erbe, nur mit dem Unterschiede, daß er hierin nie und nimmer verarmen könne. Er male und zeichne wie ein Meister, so daß er sich nur diesem Talent hinzugeben brauchte, um Geld und Glück zu gewinnen. Aber der lockere Beruf eines Künstlers sei ihm mit seinem ererbten Pflichtgefühl und strengen Gewissen unvereinbar erschienen, weshalb er lieber in die Fußtapfen des Vaters getreten sei. Er sehe eine glänzende Laufbahn vor sich. »Als Diurnist?« fragte die Serbin und blinzelte verdächtig. – »Aber meine Beste, was bedeutet das für seine zwanzig Jahre? Man kann ihn doch nicht gleich zum Direktor machen, er muß sich eben in seinem Berufe ausbilden, verschiedene Amtszweige kennen lernen, bevor man ihm eine leitende Stellung verleiht.« Jeder Mensch wisse doch, daß in der Beamtenwelt alles eine Frage der Zeit sei. Binnen Kürze werde Egon seine zwei Fachprüfungen hinter sich und den glatten Weg der schönsten Karriere geebnet sehen. »Aber Prüfungen muß man bestehen, und wenn man nicht besteht? . . .«

Gewiß, es gebe Unglücksfälle und gerade bei den Begabtesten. Aber selbst in solcher Lage schätze doch jeder Erfahrene genau ein, was es bedeute, als Sohn eines erprobten Beamten demselben Bureau anzugehören, wie der Vater, und was die wirksame Protektion vermöge. Wie glänzende Perlen an einer Schnur zählte Frau de Alamor nun die Namen derer auf, die im Reiche der Würden etwas galten, und die sowohl den verewigten Gemahl, als sie, dessen Witwe, und Egon, dessen Erstgeborenen, liebten, schätzten und zu fördern bereit waren. Vor den Ohren der Serbin erklangen alle guten Namensheiligen des Amtskalenders von den obersten Rangklassen, unter Anrufung sämtlicher Orden und Titel, ob sie nun wahr oder mit der geistesgegenwärtigen Ehrung des Augenblicks verliehen waren. Ihr Sohn brauchte in der Tat nicht um irgendwen zu betteln. Er würde Mütter und Väter genug finden, die ihm mit Vergnügen ihre Töchter und unter allen gewünschten Bedingungen überließen. Hatte man sich ihr doch bereits – sie gestehe es im Vertrauen – mit mancherlei verlockenden Anerbietungen genähert, welche sie indes immer mit Entrüstung zurückgewiesen, denn ein de Alamor verkaufe sich nicht, und sie sei die letzte, die Freiheit ihres teuren Kindes in seiner Liebeswahl einzuschränken. »Ist er ein Narr und will er sich wegen einer Leidenschaft aufopfern, so kann ich ihn als Mutter zwar bedauern, aber nicht hindern, des Menschen Wille ist sein Himmelreich« – »Meine Danitza ist auch wer, sie braucht kein Opfer, eher ist sie ein Opfer, fürchte ich,« schoß die Serbin zurück. Die andere wieder begann Schalmeien anzustimmen, daß ja die Vorzüge der jungen Angebeteten alle Tollheit ihres Sohnes begreiflich machten, aber doch dessen eigene Tugenden keineswegs verfinstern dürften.

So wogte des Kampfgespräch unentschieden auf und nieder, sprang bei dem angeborenen Mangel des Weiberdenkens an Folgerichtigkeit vom Hundertsten ins Tausendste, wurde persönlich gehässig und wieder persönlich mild, klaubte hier ein Wort heraus, das es absichtlich mißverstand und schlimm auslegte, um dort eine Bemerkung fallen zu lassen, die wieder als Stein aufgegriffen und zurückgeschleudert wurde. Jedes der beiden alten Frauenzimmer rang mit seinen angeborenen Kräften der Tücke, Feigheit, Angst und insgeheim mit dem leisen Vergnügen der Kuppelei, rang mit einem ebenbürtigen, gleich dummen und schlauen Gegner, fühlte sich in allen Schlupfwinkeln aufgestört, beobachtet, angegriffen und wehrte sich mit Worten und Blicken seiner Haut, erfuhr in dieser Stunde so viel Bewegung und Gefahr, wie sonst in Jahren nicht, empfand bei allem Verdruß ein gewisses Wohlgefühl, einen Taumel von Kampflust und war schließlich durch und durch zerwalkt und ermüdet bis zum Überdruß. So saßen endlich die beiden, hochrot, außer Atem einander gegenüber, nachdem ihnen alle Worte ausgegangen waren, die Serbenmutter mit der Haube, aus welcher das graue Haar zerzaust hervordrohte, mit bösen Augen und geballten Fäusten, deren stolze Fingerringe grimmig leuchteten, die Dame Alamor in ihrem Hute, der nach dem vielen Schütteln, Zurückwerfen und vornehmen Neigen des Kopfes schief saß und ihrem Gesichte etwas Trunkenes gab, wie auch ihre Reden sie selbst berauscht hatten. Ermüdet entnahm sie ihrem Réticule ein parfümiertes Taschentuch, einen kleinen Ebenholzfächer, ein Fläschchen mit Riechsalz und ein silbernes Taschenspiegelchen, in welchem sie sorgfältig Augen, Mund und Stirnfalten besah, während sie mit dem Tüchlein die Spuren des reichlich gebrauchten Puders zurechtwischte. Dann fächelte sie sich, denn von oben brannte die Julisonne und vermehrte die Hitze der denkwürdigen Handlung beträchtlich. Zuletzt öffnete sie mit ihren langen Fingern, die in schimmernde, zugespitzte Nägel endeten, die Kapsel des Flakons und stärkte sich an dem Geruch des englischen Salzes. Bei diesem Tun glich sie einer Katze, welche sich säubert und nach einem zausigen Abenteuer instand setzt. Damit hatte sie wieder ihre Ruhe gewonnen und bot nun mit zuvorkommender Gebärde der Gegnerin das Duftfläschchen. Diese wies es verächtlich zurück und holte ihrerseits aus einer Tasche des bauschigen Morgenrockes eine hörnene Dose hervor, aus welcher sie der Nase eine kleine Prise zuführte. Dann dauerte das Schweigen einen Augenblick fort. Aber die Mama de Alamor bekam mit der ihr eigenen größeren Lebens- und Wortgewandtheit zuerst die Sprache wieder und damit die Oberhand. Sie vereinigte nun in ihrer Rede das draußen harrende Pärlein, sie kopulierte ebenso kühn wie liebevoll die beiderseitigen Schönheiten, Tugenden und Verheißungen und bat in den rührendsten Tönen um Gnade oder vielmehr um Recht für so viel Jugend und Zärtlichkeit. Wer könne so grausam nein sagen, wo die Natur selbst so gütig ja gesagt. Dabei traten ihr Tränen ins Auge, und als sie in solchem Trauerschmuck triumphierend die Serbin ansah, konnte sich diese natürlich auch hierin nichts nachsagen lassen und heulte auf, faßte sich aber schnell, und es wurde ein Friede auf der Grundlage des Status quo abgeschlossen, das heißt, das gegenwärtige Verhältnis wurde stillschweigend bis auf jederzeit zulässigen Widerruf anerkannt, ohne als ausdrückliche Verlobung gelten zu dürfen, welche erst dann die mütterliche Zustimmung gewärtigen möge, wenn der Herr Egon als definitiver, vollberechtigter Beamter sich ausweise.

Mehr konnte ja Mama de Alamor nicht verlangen, begab sich, über den Erfolg ihres Dazwischentretens hocherfreut, vor den Garten und rief das Paar herbei. Danitza stürzte in die Arme der Serbenmutter, welche mit ihrer groben Zärtlichkeit belferte: »Du Schamlose du, soll man dich in Ketten legen, wie eine Läufige!« Egon verbeugte sich vor der Alten und erwischte ihre Rechte, der er einen Handkuß überhauchte. »Nun ja, schon gut. Werden ja sehen, ob Sie ein Lump sind oder Beamter.« Mama de Alamor streichelte tröstend die Schultern ihres Egon und schließlich tauschten er und Danitza einen langen Blick.

III

Im Herbst erbittet und erhält Egon de Alamor neuerliche weitgehende Vergünstigungen, um seinen Studien für die bevorstehenden Prüfungen in Ruhe obliegen zu können. Vormittags bekommt er keine Arbeit, nachmittags braucht er dafür auch gar nicht mehr ins Amt zurückzukehren. Er trägt eine ernste Miene zur Schau, den Gönnern und Gläubigern gegenüber zugleich demütig und verheißungsvoll. Nächstens muß er ja seine beiden Prüfungen glanzvoll bestehen, dadurch den reichlicheren Gehalt des definitiven Beamten und die ersehnte gute Partie erreichen. Allerdings steckt er nach wie vor tief in seinen ständigen Geldsorgen und Verlegenheiten, aber er vermeidet es, seine ohnehin geduldigen, das heißt beinahe schon verzichtenden Hauptgläubiger anzugehen, sondern hält sich an die jüngeren Leute und schickt ihnen von Hand zu Hand verstohlen kleine Zettelchen, auf denen bescheidene Beträge von einer bis fünf Kronen aufgemalt sind. Er bekommt manche dieser Schuldscheine ohne bare Münze zurück, auf anderen ist die Summe bedeutend gekürzt. Diese Anleihen sind nicht der Rede wert und gelten als unvermeidliche Besteuerung. Zuweilen findet er sich freilich bei einem seiner vielen Vertrauten ein, beginnt zu weinen und hochatmend ein neues Unglück zu berichten, das ihn an den Abgrund des Verderbens gedrängt, von welchem ihn nur ein Darlehen von mindestens fünfzig Kronen zurückreißen könnte. Aber wenn er daraufhin eine oder zwei Kronen erhält, ist ers auch zufrieden, verläßt hocherhobenen Hauptes mit dem schön gebügelten Zylinder das Amt und wird dann abends in einem Theater bei irgend einer beliebten Operette oder in einem andern Vergnügungslokal an der Seite seiner hübschen Braut gesehen. Tags darauf gibt er dem Bureau im angeregtesten Nachgenuß der Kunst eine Erzählung zum besten, wie das Tanzduett von der Soubrette und dem gefeierten Komiker gesungen, gespielt und bewegt worden sei. Dabei zeigt sein Antlitz eine von der niedrigen Musik versüßte Einfalt, aber seine schlanken Beine und Hüften und Arme gebärden sich geschickt, alle gehörten Witze der berechnenden Theatersinnlichkeit nachzuahmen und zu vergegenwärtigen. Gelehrig erbat er sich von manchen Herren Ratschläge, wie er einen Nebenerwerb ausfindig machen könnte und beteuerte den besten Willen, sich aus seinem

Ungemach herauszuarbeiten. Dabei legte er die Hand aufs Herz und sah sein Gegenüber gerührt an. Er berichtete nicht ohne Vergnügen im Verdruß, wie er soeben auf eine Zeitungsanzeige hin, die reichlichen Nebenverdienstnachweis gegen Einsendung eines einmaligen Spesenbeitrages verheißen, etliche Kronen nach Deutschland geschickt und daraufhin eine freche Broschüre erhalten habe, welche die wertlosesten Ratschläge für unmögliche Unternehmungen unter höhnenden Mahnungen vor Schwindel und Übervorteilung zum besten gegeben. Einer seiner Gläubiger, der mit vielen schriftlichen Arbeiten zu tun hatte, riet ihm, auf der Schreibmaschine klimpern zu lernen und sich eine etwa gegen Ratenzahlungen zu beschaffen. Egon sagte begeisterten Dank für diesen nützlichen Wink und sah schon ein blühendes Feld leichter Arbeit, des Gelingens und einer Rente vor sich. Am nächsten Tage bereits weiß er strahlend zu melden, wie er ganz umsonst in den Besitz einer Schreibmaschine gelangt, welche daher den Namen »Ideal« in jeder Hinsicht verdiene. Er gibt diese Geschichte zum besten: In der Schule habe er mit einem jungen Israeliten, seinem Banknachbar, einen freundschaftlichen häuslichen Verkehr gepflogen, dem nur seine fernere Laufbahn ein Ende gesetzt. Gestern sei ihm eingefallen, daß der Vater dieses Kollegen ein Schreibmaschinengeschäft betreibe. Gleich am Nachmittage habe er den Laden des werten Juden aufgesucht und sich ganz erstaunt in einem großen, hochmodernen Geschäfte gefunden. Auf die Frage nach dem jungen, sei der alte Weiß erschienen mit der Auskunft, sein Sohn diene augenblicklich beim Militär und mit der Gegenfrage, was der Herr eigentlich wünsche. Egon erwiderte, ob man ihn denn garnicht wiedererkenne. Nach kurzer eindringlicher Betrachtung habe Samu Weiß freudig ausgerufen: »Egon de Alamor beim allmächtigen Gott! Und was für ein netter junger Mann sind Sie geworden!« Weitläufig und unter sorgfältiger Nachahmung des Jargons, dessen sich der Gönner bedient, gab Egon den Gang des Gespräches wieder. Auf seinen bescheiden vorgebrachten Wunsch nach möglichst günstiger Erwerbung einer Schreibmaschine habe der Geschäftsinhaber gesagt: »Mein Sohn, ich weiß, du bist ein anständiger Mensch und ein braves Kind aus gutem Hause« - es war nun einmal seine Art, wenn er vertraulich wurde, auch einen Erwachsenen zu duzen, wie in der vergangenen Zeit - »was soll ich mit dir Geschäfte machen, wenn du Geld hättest, kämst du nicht zu mir um eine Maschine! Der alte Weiß braucht kein Geld von dem Sohn einer armen Witwe. Ich hab' ja deinen seligen Vater gekannt, welch ein Ehrenmann! Du sollst eine Maschine bekommen. Ein Lump hat mir eine abgekauft, ohne sie zu bezahlen und sie gleich versetzt, so daß ich sie noch von der Pfandleihanstalt habe auslösen müssen. Sie ist wie neu, du sollst sie haben. Du kannst hier gleich auch schreiben lernen, geschickt bist du ja und wirst bald die Kunst heraus haben. Ich freu' mich, daß du den alten Weiß und meinen Sohn nicht vergessen hast. Geht es dir einmal gut, so zahlst du mir die Maschine, wenn du willst. Es ist mir ein Vergnügen, und du sollst deiner Frau Mama das Leben erleichtern. In mein Geschäft kommen Leute genug, die Schreibereien vergeben wollen, so kann ich dir immer auch Arbeit verschaffen. Ein junger Mann braucht ja dies und jenes. Das verdient man sich dann so im Klimpern.« Und so erhielt Egon das »Ideal« wirklich auf seine schönen Augen hin, bewarb sich auch im Bureau um Bestellungen und verhieß die schönsten Kopien. Der ihm den guten Rat erteilt hatte, vertraute ihm ein Manuskript an, mußte aber sehr lange auf die Abschrift warten, die endlich recht schleuderhaft und ungeschickt und als willkommene Abzahlung seiner Schuld an diesen Gläubiger von Egon abgeliefert wurde. Weiteren Aufträgen von dieser Seite wußte er sich zu entziehen. Über seinem Nebenerwerb waltete aber ein gewisser Unstern. Nach etlichen Wochen des eroberten »Ideals« schrieb er nämlich bereits so gewandt, wie er erzählte, daß er bei der Arbeit eine Zigarette genießen konnte. Diese legte er einmal so ungeschickt beiseite, daß sie das Werk in Brand setzte, wobei edle Teile verletzt und Herr Samu Weiß mit einer ansehnlichen Reparatur beglückt wurde, welche er nicht ohne gerunzelte Stirne und ärgerliche Mahnungen übernahm, eine Schreibmaschine sei kein Kinderspiel. Nach weiteren Wochen zeigte sich Egon empört, man wolle ihn nun auch dieser Möglichkeit des Verdienens berauben, aber er werde sich das nicht gefallen lassen. Der Zimmerherr seiner Mama habe sich nämlich über das Geklimper beschwert und mit der Kündigung gedroht, wenn es nicht aufhöre. Egon versicherte indes, er wolle sich der Tyrannei dieses Herrn nicht fügen. Auf spätere Fragen, wie der Streit ausgegangen sei, nickte er gedankenvoll lächelnd: »Ach, wenn Sie wüßten, man kann ja nicht alles erzählen. Es gibt wunderliche Dinge auf der Welt.« Man drang nicht weiter in ihn, denn wenn die Sache so weit war, würde er sie schon ausläuten. In der

Tat kam er eines Tages bestürzt ins Bureau, die Augen rollend, die Wangen glühend, den Mund weit offen. Er nahm den Weltmann, den eleganten Konzipisten beiseite und fragte ihn flüsternd um die bei Zweikämpfen üblichen Sitten und Gebräuche, und ob ihm der Herr Doktor gegebenenfalls beizustehen die Güte haben wolle. Der Konzipist machte ihm allerhand Werke namhaft, aus denen er die nötigen theoretischen Kenntnisse von Ehrenhändeln und ihrer ritterlichen Schlichtung sich aneignen könne: Das Duell, Der Ehrenkodex, Der Mann von Ehre, Leitfaden der Waffenhändel, oder wie diese ansehnlichen und gefährlichen Bücher hießen, aus welchen man sich zum perfekten Zweikämpfer heranlesen kann.

Glücklicherweise schien am nächsten Tag die Sache schon wieder vollkommen beigelegt, Egon leuchtete von Genugtuung, offenbar hatte sich das Unwetter verzogen, und er stand als tapferer Mann ohne Probe da.

Das war nämlich so zugegangen:

Die de Alamors hatten stets, wie sich ja auch bisher schon gezeigt, Glück in ihrem Unglück, planvolle Vorbereitungen brachten zur rechten Zeit immer neue Hoffnungen empor und schoben die Schwierigkeiten hinaus. Da sie den rechten Weg nicht gehen mochten, wußten sie alle Auswege für morgen und übermorgen, zogen immer einen neuen glänzenden Faden getrost durch das graue Elendtuch und hießen diese Gabe: Klugheit und wohlverdiente Entschädigung für ihre vielfach ungerecht erduldete Unbill. Namentlich die Mama de Alamor verstand sich auf diese Art von Webekunst vortrefflich und saß daheim immerzu bei dieser eiteln Spinnerei, denn das wollte sie freilich nicht Wort haben, daß das bißchen leidige, wirkliche und mögliche Glück sauer erworben und mit beiden Arbeitshänden gehalten und gezwungen werden muß und wahrlich eher einem abgewehrten Unheil und bescheidenen Regendach gegen die Ungunst der Zeit, als einem wolkenlosen und entgegenkommenden Triumphe gleichsieht. Sie wollte es vielmehr durchaus nur anerkennen als einen Haupttreffer in barer Münze, als schlau angeheiratete Mitgift und Rente, als krönende Erbschaft, als Schloß mit Pferden und Lakaien und Hofstaat, als Prunkgewand und Lohn der angeborenen Vortrefflichkeit. So hatte sie für Egon eine reiche Heirat ausgemittelt, die nun auf dem besten Wege war, und ein gleiches Ziel suchte sie auch ihrer Tochter herbeizuwinken, welches sich in Gestalt eines Zimmerherrn in der Tat zu nähern schien. Da sie ihr stattlich eingerichtetes Gemach in der besten Lage – fünf Minuten vom Opernhause – mit separiertem Eingange und bei einer gebildeten Familie nur an einen Mietherrn von Stande zu vergeben gedachte und bescheidene Handlungsgehilfen oder fröhliche Studenten schnöde von ihrer Tür wies, gelang es ihr in der Tat, einen jungen Mann zu gewinnen, der allen Anforderungen entsprach. Dieser Herr, Charles Heinlein, war elegant, hochgewachsen, pechschwarzhaarig, Beamter in einem Ministerium und, wie sie bald ermittelte, Sohn vermögender Eltern, welche in einer berühmten Sommerfrischgegend ein renommiertes Hotel führten, so daß er sicherlich ein namhaftes Erbe zu gewärtigen hatte. Gern gab er sich der Frau Alamor in ganze Pension, da sie ihn durch eine leichte und würzige Kost, sowie mit Hilfe eines geduldigen Dienstmädchens durch eine mütterliche Fürsorge für seine Kleider und Wäsche recht liebenswürdig zu fesseln wußte. Wer der Sklave seines eigenen Wohllebens ist, wird ja immer auch der Sklave anderer Leute, von denen dieses Behagen abhängt, und so befand er sich bald im Netze der glückspinnenden Witwe, indes er den Kopf für seine höheren Lebenszwecke freizubehalten glaubte. Denn er war einer von den Hansdämpfen der Großstadt, die ich Sauser nenne, weil sie bei allen Gelegenheiten, auf allen Plätzen, überall wo es ein Vergnügen, einen Pomp, eine festliche Veranstaltung gibt, einen freiwilligen und großartigen Lärm veranstalten, wie afrikanische Wettermacher und Regenzauberer. Überall anwesend, stehen sie geschäftig herum und wimmeln wie die Fliegen auf dem Käse, als liege und stinke der nur für sie. Die Sauser sitzen denn an sämtlichen Auslaufröhren der städtischen Glückseligkeit und schmatzen überall den besten ersten Schluck. Im dauerhaftesten Müßiggang erfrischen sie sich anstrengend und eignen sich unnachsichtig als ihr Recht an, was irgend von anderen gedacht, geschafft oder besessen wird.

Also liebte es auch Herr Charles Heinlein als Sauser nebenbei, wo es eben ging, von gelegentlichen Blüten zu nippen, eine Wohltat, die er den Blüten erwies. Frau de Alamor bemühte sich keineswegs, ihre hübsche Tochter Anna vor ihm zu verstecken, vielmehr präsentierte sie das vielversprechende junge Mädchen mit Vorliebe in allen von der Natur gewährten, von der Erziehung verstärkten Reizen. So bewegte sich die Kleine in der zierlichsten Hauskleidung als tüchtige Wirtschafterin vor dem Zimmerherrn, oder saß wieder, mit einem spitzenbesetzten Schmuckschürzchen angetan, träumerisch vor dem Pianino und spielte Klavier. Wie unverständig müßte der Mieter gewesen sein, wenn er so viel Reiz nicht wahrgenommen, geschätzt, schließlich begehrt hätte. Hingegen schien die Mama de Alamor seine erwachende Aufmerksamkeit für ihre Tochter vorerst nicht zu bemerken, sie wußte nichts von den bewundernden Worten, die er an Anna wie das Kleingeld seiner Gefühle austeilte, nichts von den vielsagenden Händedrücken der Begrüßung beim Kommen und Gehen, von Annas Lächeln und Lachen dazu, welches so erfrisch und schauernd klang, als stiege ein Mädchen in ein recht kaltes Bad. Die Mama sprach höchstens unter vier Augen mit der Tochter von den Gefahren dieses Glücksfeldzuges, dessen kühne Operationen sie recht wie ein moderner Feldherr aus der Entfernung leitete. Sie nahm befriedigt den Fortgang und die Steigerung des Gefechtes wahr, wie allmählich bedeutende größere und kleinere Blumenspenden zugleich mit den Wangen des Mädchens höher erblühten, wie Herr Heinlein heute einige Freibillette, an welchen es einem Sauser bekanntlich niemals fehlt, zu einem Variété oder Promenadenkonzert, morgen zu einer Theatervorstellung darbot. Dann ließ sich Mama de Alamor samt Tochter herbei, der Einladung zu folgen, Anna legte für den Abend eine verlockende Jungemädchentracht mit keusch geöffnetem Halsausschnitt an, welcher unter den Blicken des Mieters errötete. Diesem schmeichelte es, mit einer so hübschen Dame öffentlich gesehen zu werden, doch vergaß er, daß dies in Gegenwart der Mutter geschah, oder er legte diesem Umstande nicht die genügende Bedeutung bei. Und schließlich kam es sogar zu vertraulichen Augenblicken ohne beaufsichtigenden Zeugen zwischen Tür und Angel, beim Kommen und Gehen, zu stürmischen Zärtlichkeiten, die kühl und hart abgewehrt, oder unzulänglich erwidert wurden, bis eines Tages Mama de Alamor mitten in eine solche Szene trat, zu rechter Zeit, wie der alte Theatergott, fähig zu segnen oder zu fluchen, auf jeden Fall unangenehm zu werden. Herr Heinlein, der Sauser hatte derart seinen Hieb bekommen und war an diese Wand gedrückt. Anna entlief aufschluchzend, die Mutter stand mit einer Miene, die Rechtfertigung und Werbung gebot, stumm vor ihm, er stammelte etwas Undeutliches und hatte gerade noch Kraft genug, das Weite zu suchen. Dies war der Augenblick, wo Egon, von der Mutter eingeweiht, mit den Waffen in der Hand für die schwesterliche Ehre einzutreten fürchten mußte. Aber auch das stellte nur einen etwaigen strategischen Sukkurs dar, denn Herr Heinlein mußte wiederkommen. Auch ein Sauser hat nämlich etwas, was man nachsichtig ein Herz nennt, weil es in der Brust sitzt und zur Unzeit schlägt und etwas Törichtes will; gerade was sich ihm hier zugleich geboten und entzogen, hatte Gedanken und Gefühle erweckt, vor denen er sich so lange gehütet, daß sie ihn jetzt völlig überwanden wie eine unsägliche Frühlingsohnmacht. Mit seinen Sauserredensarten nannte er das: die reine Liebe eines jungfräulichen Mädchens oder dergleichen. Er sah das stille Glück eines häuslichen Friedens vor sich, er kämpfte mit allen seinen sonstigen Neigungen, Wünschen und Gewohnheiten und führte gegen sein Gefühl seinen angeblichen Verstand ins Treffen. Das Gefühl war indes eine Begierde und darum recht stark, der Verstand aber war ja gar keiner und warf darum schleunig seine Flinte ins Korn. Der Sauser kam sich allmählich als Ehrenmann und sittlich herausgefordert vor, und es schien ihm endlich das Beste, an der Wand sitzen zu bleiben. Als er daher am Abend recht kleinmütig in sein dunkles Zimmer zurückkehrte und Anna in seinem Lehnstuhl zusammengekauert schluchzen sah, war es mit all seiner kalten weltmännischen Berechnung aus, er tröstete sie leise, die diese Schmach nie verwinden zu können erklärte, und als sie einen schüchternen Annäherungsversuch empört von sich stieß, seufzte er und fragte sie, ob sie ihn denn gar nicht möchte. So hatte die Sache ihren Fortgang, und Egon brauchte den Duellkodex nicht weiter zu studieren, denn aus seinem Todfeinde wurde nach kurzem, letztem, sich wehrenden Flügelschlagen sein zukünftiger Schwager, und in dem Gewebe von Frau Alamors Glückshandarbeit schimmerte ein neuer Goldfaden.

Wieder verwaltete Egon eine Hoffnung und ließ sich zu der glänzenden Verlobung seiner Schwester beglückwünschen, wobei er stets gerührt der armen Mama gedachte, der nun, nachdem beide Kinder versorgt, hoffentlich ein heiterer Lebensabend beschieden sein würde. Auch tat es ihm wohl, daß seine Schwester sich nicht mehr um ihr tägliches Brot zu kümmern habe, denn sein zukünftiger Schwager werde sie zweifelsohne auf Händen tragen, leidenschaftlich verliebt, wie er sei, und aus so reichem Hause. Er berichtete weiter von der stattlichen Aussteuer, welche seine Mama sofort in Bestellung gegeben, sowie von der großen Wohnung, die sie bereits angemietet habe, und daß sie bei den Neuvermählten als sorgsame Beschützerin zu bleiben gedenke. Je näher aber der Tag der schwesterlichen Hochzeit heranrückte, an welchem Herr Egon de Alamor natürlich als überflüssiger Wohnungsgenosse ausgeschifft werden sollte, desto dringlicher wurde auch seine eigene Heirat, und die Mama legte ihm jetzt eifrig ans Herz, die Entscheidung herbeizuführen, damit er doch, wenn seine Schwester versorgt und sie selbst zu ihr übergesiedelt sei, auch ein eigenes Heim habe und nicht als Junggeselle um teures Geld irgendwo zur Miete hausen müsse, was sich ja für einen Bräutigam auch nicht schicke. Die Prüfungen fielen gerade in die Zeit der heftigsten Hochzeitsrüstungen, an denen Egon mit Herz und Kopf und aller Zeit beteiligt war. Wenn sich die Amtsbrüder nach dem Fortgang seiner Studien erkundigten, warf er nach seiner Art stolz den Kopf zurück, behauptete, durchaus vorbereitet und schlagfertig zu sein und gab dem Gespräch eine andere Wendung, meist nach der Gemütsseite. Acht Tage vor dem Prüfungstermin nahm er einen Vorbereitungsurlaub. Und als diese Zeit um war, just um 9 Uhr morgens, wo er am grünen Tische vor dem Feind bestehen sollte, betrat eine wankende, auf den väterlichen Stock mit der Silberkrücke schwer gestützte Gestalt mit hervorgequollenen Augen, bleichen Zügen, offenem, nach Atem schnappendem Munde, den Zylinder schief auf dem Haupte, das Amtszimmer, wo gleich, wie von einem Wecker herbeigerufen, alle Herren sich versammelten, vor denen Egon abgebrochen zu schluchzen und zu stammeln begann. Der Vorstand fragte teilnehmend, was denn aus der Prüfung geworden sei. Der Kandidat heulte auf, ihm sei ein Unglück passiert, er werde es nicht überwinden; schwer erkrankt, könne er sich kaum schleppen. Eben zum Examen fertig ausgerüstet, sei er auf der Treppe infolge Fehltrittes gestürzt, auf die harten Stufen hingeschlagen. Arg verletzt, habe er sich nur mühselig noch gerade bis hieher bewegt. Dabei weinte er unablässig unter reichlich strömenden Tränen. Auf die Frage, wo er sich blessiert, wies er den Rücken: das Kreuz sei ihm wie zerbrochen. Zwei Menschenkenner nickten einander zu, was ihre Meinung besagen wollte, er sei wohl bloß auf das Gesäß gefallen. Der gütige Vorstand beruhigte ihn, Leben und Gesundheit gälten mehr als die Prüfungen, er möge gleich den Arzt aufsuchen, zu

Hause sich völlig ausheilen, und dann werde sich das Weitere finden. Egon wankte gebrochen fort, das Amt in halb heiterer, halb mitleidiger Aufregung zurücklassend. Auf die Alamorische Gesundheit und den pünktlichen Unfall wurden Wetten gesetzt.

Ein paar Tage darauf sandte der Vielumstrittene ein Krankheitszeugnis ein, wonach er infolge eines Nervenchoks etliche Wochen zu seiner Erholung und eine Luftveränderung benötigte. Auf Grund dieses Attestes erhielt er einen neuerlichen Urlaub und ließ sich ein Freibillett nach Innsbruck ausfertigen. Zu diesem Behuf kam er auf eine Viertelstunde ins Amt, schien noch immer schwer zu gehen, aber bereits ohne Schmerzen und Tränen, vielmehr nach dem Sturz und Prüfungsunfall verhältnismäßig zuversichtlich, denn einem seiner Vertrauten teilte er mit, es hätten sich ihm großartige Aussichten auf eine Staatsanstellung eröffnet, welche er dank der Protektion eines von altersher mit seiner Familie befreundeten Admirals aller Wahrscheinlichkeit nach in Innsbruck erlangen werde, denn er sehne sich geradezu nach dem Leben in der schönen Natur und in einer so herrlichen Provinzstadt, und auch seine Braut wünsche nichts Besseres, so wolle er seinen Urlaub zur Bewerbung benützen. Doch gelte es, hierüber strengste Diskretion zu wahren.

Der vierwöchige Krankheitsurlaub verstrich, und Egon trat wieder seinen alten Dienst an, völlig auf den Beinen und frisch, ja mit einer wahrhaft gesättigten und munteren Miene. Die Fragen nach der Staatsanstellung beantwortete er ausweichend, derlei entscheide sich bekanntlich nicht von heute auf morgen, doch habe er die besten Aussichten. Aber wie schön war Innsbruck! Diese schroffen, blauen, schimmernden Berge, diese anmutige alte Stadt und das goldene Dachel! Und wie angenehm das Leben! Welche prachtvollen, komfortablen und dabei billigen Wohnungen! Namentlich eine habe seine Braut vor allem entzückt: vier Zimmer mit der Aussicht auf den Inn, mit alten, großmächtigen Kachelöfen und einem Stall für Wagen und Pferde, der Zins geradezu lächerlich, bloß tausendzweihundert Kronen fürs Jahr. Das Amt schüttelte den sorgen- und spottvollen Kopf: Innsbruck, große Wohnung, Wagen und Pferde und Stall, Kachelöfen, eine Braut auf der Urlaubsreise! Zärtliche Begleitumstände! Wunderliche Tatsachen! Dies war im ersten Frühjahr. Zu dessen Ende kündigte Egon seine bevorstehende Vermählung an, er und Danitza seien des törichten Wartens müde. Sie könnten doch ebensogut verheiratet zu zweien dem kommenden Schicksal entgegensehen, zumal da seine Schwester auch bereits versorgt und die Mutter zu ihr gezogen sei. Wie er erzählte, wohnte er seither im Hause seiner Verlobten, also mußte die alte Serbin schließlich doch der Ehe noch vor der definitiven Anstellung zugestimmt haben. Viel Glück und ein schönes Wetter!

Von allen Amtsbrüdern hatte Egon Geld gegen gute Worte entliehen, allen hatte er mit Vertrauen gelohnt, aber dieses gleichsam wohlbedacht verteilt und den Einzelnen die passende Ration davon zugewiesen, so daß jeder nur das Stück Hoffnung an Zinses Statt erhielt, welches er benötigte, um an die Rückzahlung seines Darlehns und die Sicherheit des Schuldners halbwegs zu glauben. Einer aber saß in einem Hofkämmerchen des Amtes, der Egons volle Liebe erworben hatte, obgleich er sich seinen Anleiheforderungen heiter und streng verschloß. Das war der Herr Dieter, dem wir schon manchmal bei seinem bescheiden in sich versponnenen und wieder ruhevoll lauschenden Lebenslaufe begegnet sind, und von dessen Beobachtungen, Erlebnissen und Sitten wir an anderen Orten einiges erzählt haben, weiteres aber ausführlicher zu berichten uns vornehmen, wenn die Zeit und ihre Gunst es gestattet.

Egon de Alamor pflegte von seinen Linealen, farbigen Tinten und rastrierten Papieren, nachdem er den Effekt einiger in mannigfacher Schrift hingeworfenen Zeilen liebevoll und mit zugekniffenem Auge von der Seite her betrachtet, dann sein zwiebelduftendes warmes Gabelfrühstück nebst einem Glase Bier eingenommen, vom Sessel aufzustehen und sich an das andere Ufer des Ganges zu begeben, wie Dieter sagte, wo sein wahrhafter, das heißt am Alamorischen Schicksal nicht mit Geld beteiligter Vertrauter in einem Kämmerchen hauste und über den Akten brütete, ohne seine Beobachtung und Schalkheit zu vergessen. Wenn Egon eintrat, pflegte Dieter so zu tun, als bemerke er ihn nicht, sondern schrieb um so heftiger. Dann setzte sich Alamor an das Ende des Schreibtisches und neigte sein Haupt zärtlich und innig dem Gönner zu, bis dieser endlich, ohne aufzusehen, sagte: »Wie oft soll ich Ihnen denn wiederholen, daß mir der Geruch Ihres Frühstücks und des Bieres, den Sie hier hereintragen, unangenehm ist. Wenn Sie mir etwas mitzuteilen haben, seien Sie nüchtern. Was Sie verzehren, interessiert mich nicht.«

Egon lächelte: »Ach Herr Dieter, Sie sind ja mein einziger wahrer Freund und Tröster. Ihre Teilnahme erhebt mich wirklich. Wenn ich Sie nicht hätte . . .«

Dieter schüttelte den Kopf: »Ich sehe schon, Sie müssen mich wieder stören, also machen Sie's kurz, ich habe sehr viel zu tun, und Ihr Freund bin ich noch lange nicht. Weil Sie mir Ihre Schmerzen enthüllen, brauchen Sie mich doch nicht zu beleidigen. Also was gibts, möchten Sie wieder Geld? Ich besitze nichts und für Sie am allerwenigsten!« »Aber Herr Dieter, ich habe ja noch gar nichts verlangt. Freilich, wenn Sie mir zwanzig Kronen liehen?«

»Zwanzig Kronen! Sie Unmensch, Sie Räuber, wissen Sie denn, was für ein Vermögen Sie mir herauslocken zu wollen die Stirne haben? Nichts da! Aber wenns nicht anders geht, so sagen Sie mir, wozu Sie das brauchen, vielleicht kann Ihnen mein guter Rat das Geld ersparen.«

Also begann Egon sein Herz zu erleichtern, indem er, sich über den Schreibtisch weit vorbeugend, Dieter innig anblickte, der ihm nach wie vor schreibend, ernst sein Gesicht entzog. Dadurch ließ sich Alamor nicht beirren, sondern erklärte seine Lage. In den nächsten Tagen wolle er nämlich, wie Herr Dieter wisse, heiraten.

»Muß denn das sein, Unglücklicher?« fragte Dieter, indem er sich seinem Akt beflissen hingab.

Egon lachte glückselig. Aber da sei noch eine Schwierigkeit. Wie Herr Dieter ja wisse, gehöre seine teure Danitza dem griechisch-orientalischen Ritus an, und, obgleich sonst so gescheit und vorurteilslos wie nur möglich, bestehe sie doch auf ihrem nationalen Bewußtsein und den angestammten Sitten. Nie würde sie einem Katholiken die Hand fürs Leben reichen.

»Und da ziehen Sie ihr die Hand nicht gleich weg? Einmal hat der Narr eine für beide Teile durchaus erfreuliche Auskunft und macht keinen Gebrauch davon!«

»Ach, Sie scherzen! Ich muß ihr wohl diesen Herzenswunsch erfüllen und übertreten.« Er habe schon die Glaubenssätze seiner neuen Kirche gelernt. Dieter unterbrach ihn, ob er wohl über dieses Bekenntnis besser Prüfung ablegen könne, als über seine Fachwissenschaften. Egon überhörte den Einwurf und berichtete, wie man an fremde religiöse Gebräuche herantretend, von ihrer großartigen Natur überrascht werde. Er habe mit Danitza bereits das russische Osterfest in der Kirche am Rennweg gefeiert und sei ganz hingerissen, ja im Innersten erschüttert von der Feierlichkeit, Würde und Inbrunst dieser Zeremonie. Nun begann er die Kostüme, das Aussehen der Popen, die mannigfachen Situationen der griechisch-orthodoxen Liturgie zu schildern, und wie er als gläubiger Katholik noch nie von seiner Kirche so begeistert worden. Er sei an jenem Ostertage schon bekehrt gewesen, so daß sein jetziger Schritt nur ein äußerliches Bekenntnis seiner wahren Gemütsstimmung darstelle.

Dieter sah ihn lächelnd an: »Sie Osterlamm des Griechengottes! Aber was hat Ihre edle Absicht mit den zwanzig Kronen zu tun, Sie Konvertit?«

Egon stammelte, der Pope verlange diese Gebühr für den Vollzug der Taufe. Dieter lachte höhnisch: »Was? Geld verlangt der ungewaschene Russ' auch noch für seine Arbeit? Sie hätten besser von ihm ein Douceur fordern können für die Bekehrung, denn einen zweiten Narren, der hier im Lande zu dieser Kirche übertritt, findet er nicht umsonst! Nein, für solchen Schwindel zahle ich keinen Kreuzer. Sagen Sie ihm, ich, Dieter, laß ihn schön grüßen, und wenn er Sie nicht gleich umsonst in den Schoß seiner serbisch-russisch-griechisch-orientalischen Gemeinschaft aufnimmt, werd' ich öffentlich bekanntmachen, daß er sich das heilige Sakrament der Taufe bezahlen läßt. Oder sagen Sie ihm, daß Sie gleich wieder gläubiger Katholik bleiben, wenn er auf einer Taxe besteht. Sie hätten Ihre angestammte Religion billiger.« Egon sah ein und dankte gerührt für den guten Rat, aber da wären auch noch Eheringe zu kaufen; wenn die Braut schon die Kosten der Hochzeit trage, müsse er doch die Ringe beistellen.

»Ich will Ihnen zwei Messingringe mitbringen, die ich zu Hause habe. Die tuns auch. Es muß nicht alles von Gold sein! Wenn mans nicht hat, genügt Liebe, Treue und Messing . . .«

Das sei wohl Dieters Ernst nicht, die Danitza würde ihren Bräutigam schön ansehen, wenn er ihr für den heiligsten Lebensbund solche Zeichen zumute. Als aber Dieter auf seiner Messingforderung beharrte, gab Alamor zu, daß sein Mädchen, zumal sie ja reich sei, auch die Ringe beistellen könne. Doch erübrigte noch eine Bitte. Nicht um Geld, beteuerte er, indem er die Hand aufs Herz legte.

»Also von den zwanzig Kronen soll zwischen uns nicht mehr die Rede sein, gut denn, so bitten Sie.«

Egon richtete sich auf, streckte Dieter seine Rechte entgegen, was der also Geehrte indes übersah, und verstrickte sich in einen weitschweifigen Satz, er habe nur einen lieben Menschen in diesem Amt und überhaupt in der Welt, nur einen väterlichen Freund und strengen Ratgeber, und das sei Herr Dieter. Wen anders sollte er zum Zeugen für eine so entscheidende Handlung wählen, als diesen einzigen Gönner.

Dieter verbeugte sich: »Ihr Vertrauen freut mich, ehrt mich und kostet Sie nichts. Aber ich bin dessen unwürdig, meine Grundsätze gestatten mir nicht, einer Dummheit meine Hilfe zu leihen und einen Unglücklichen ertrinken zu lassen, ja ihn noch recht unter das Wasser zu tauchen. Auch besitze ich keinen Frack, ohne welchen sich für meinen Stand die Teilnahme an einer so heiligen Handlung nicht schickt. Ferner bin ich außerhalb des Amtes keine Stunde lang frei. Wie Sie wissen, beansprucht meine Frau jeden Augenblick meiner Zeit. Aber wenden Sie sich an irgendeinen Ihrer neuen Glaubensbrüder. Der Kirchendiener leistet Ihnen für eine Krone mit Vergnügen Zeugenschaft. Diesen Betrag will ich Ihnen sogar vorschießen.« Dabei notierte er säuberlich in einem hervorgeholten Büchlein das bewilligte Darlehen und reichte es dem Egon, welcher sich für all den in einer so kurzen Zeit empfangenen, reichlichen guten Rat bedankte und nunmehr zufrieden den Amtsvorstand aufsuchte, um ihm von dem bevorstehenden großen Ereignis geziemend Mitteilung zu machen. Der gutherzige Mann stand auf, drückte ihm freundlich die Hand, wünschte ihm alles Gute, er sei zufrieden, daß Egon de Alamor endlich in die Kur einer braven und ernsten Gattin komme, er habe immer das Vertrauen in ihn gesetzt, wenn der junge Fludribusch endlich in geordnete Verhältnisse finde, werde er doch noch ein zuverlässiger und braver Mensch werden. Und dies hoffe er von ganzem Herzen. Egon dankte unter Tränen und versicherte, all seine Mißlichkeiten, mit denen er zur Last gefallen, seien seinem Herzen fremd, ein Ergebnis seiner unglücklichen Lage, aus welcher er sich nun befreie. Auch seine Mama billige die Heirat und habe nicht gezögert, ihren Segen zu erteilen, da seine Braut ja vermögend sei, und die Hochzeit somit auch vom Gesichtspunkte des menschlichen Nutzens als ersprießlich gelten könne. Damit ging er hocherhoben.

IV

Egon verbrachte die Honigwochen in einem kleinen Dörfchen vor der Stadt, das, in die schmale Talfurche eines Bergabhanges eingeschmiegt, seinen Kirchturm gerade noch im Wasser der ruhig dahinströmenden Donau spiegeln konnte, während seine alten schlichten Häuser mit den weiten Schindeldächern gemächlich unter dem Schatten von Kastanien und Linden die Anhöhe erstiegen. Obstbäume und Flieder hatten bereits ausgeblüht, dafür duftete der Jasmin, und die Schwalben schossen umher, und abends wenn die Sonne vor ihrem Untergang den ganzen Himmel aufleuchten machte, von allen Seiten her die Kirchenglocken tönten und die vollbesetzten Passagierdampfer unter Sang und Klang und Wellenschlag auf der Donau vorbeizogen, ließ es sich am Tische eines kleinen Gasthauses, welches das Ufer überschaute, an der Seite eines zärtlich angeschmiegten jungen Frauenwesens recht wohlig bei einem Glase Bier oder Klosterneuburger Wein sitzen und von einer schönen Zukunft träumen, was ja zumeist die Hauptbeschäftigung einer glücklichen Gegenwart ausmacht. Egon berichtete im Amt hochentzückt, wie er sich in diesem herrlichen Örtchen auf den Rat seiner Mutter eingemietet habe, welche in der Kirche desselben Dorfes einst seinem gottseligen Vater angetraut worden und dort das erste schönste Ehejahr verbracht hatte, dessen Ergebnis er selbst darstelle. Der Pfarrer, noch heute in rüstigem Alter sein Amt versehend, habe sich als braver, unverbrüchlicher Freund der Eltern erwiesen, an ihnen und den heranwachsenden Kindern allzeit die werktätigste Teilnahme bezeugt, so daß die Mama ihrem Sohne keine bessere Stätte eines jungen Eheglückes empfehlen konnte, als diese. Dieters rhetorische Frage, ob Alamor jetzt, als griechischer Orientale, bei dem Herrn Pfarrer nicht ausgespielt habe, überhörte Egon. Ein Versuch des mit Schreibangelegenheiten beschäftigten Herren, den jungen Ehemann zur Übernahme einer neuen Arbeit auf dem ›Ideal‹ zu bewegen, scheiterte an seiner Weigerung. Die Frau wolle ihn in der freien Zeit auch ganz besitzen und nicht bei einer klappernden Buchstabenmühle sich abrackern lassen.

Im Herbst aber hieß es mit einemmal, Egon de Alamor sei wieder nach Wien übergesiedelt. Die einsame Lage des Dörfchens, der Mangel an städtischer Bequemlichkeit, an zuverlässigen Verkehrsmitteln, die völlige Weltentrücktheit des unwirtlichen Ortes erwies sich für seine Gattin als gar zu beschwerlich, darum habe er eine Wohnung im Gesandtenviertel der Landstraße bezogen. Dieter gegenüber erklärte er errötend, wenn ein freudiges Ereignis rasche Hilfe nötig mache, sei er im Dorfe völlig aus der Welt und brauche zwei Stunden bis zum nächsten Arzt, während sich in der Stadt alles aufs bequemste ordnen lasse. Weil solche diskrete Angelegenheiten der menschlichen Berechnung unterworfen zu werden pflegen, kalkulierte das Amt sogleich, daß der nunmehr doppelt hoffnungsvolle Mann und Gatte wohl anläßlich seiner Fahrt nach Innsbruck auch in der Liebe einen erfreulichen Vorschuß genommen habe. Leider machte er aber keine Miene, seine anderen bedenklich aufgelaufenen Schulden zu tilgen, vielmehr verbreitete sich bald die Nachricht neuer, gelungener und bedeutender Anleihen bei neuen gutmütigen Opfern, und es schien fast ein Wunder, wie dieser vielverlachte Knabe immer wieder Geldquellen gleichsam mit der wünschenden Rute seiner Bitten, seiner Demut, seines Vertrauens und seiner unglaubhaften, doch zuversichtlichen Versprechungen zu eröffnen verstand.

Eines Tages schlich aber Egon recht als zerbrochener Krug in Dieters Kämmerchen und lehnte sich, das Haupt verzweifelnd auf beide Hände gestützt, dem eifrig Schreibenden gegenüber, an den von Akten beschwerten Tisch.

Dieter tat wie immer, als merke er nichts, und schrieb heftig weiter.

Egon seufzte erst leise, dann tiefer.

Dieter schrieb.

Egon seufzte noch einmal, und dieser schwere Atem verdichtete sich zu einem »Hm«.

Dieter antwortete »Mhm«.

Egon seufzte zum drittenmal, da sagte Dieter »Jawohl!«, was wie das Endergebnis seiner allgemeinen Weltanschauung und seiner Meinung über Egons besonderes Schicksal klang.

»Schauen Sie, Herr Dieter! . . .«

»Ich schaue«

»Mir fällt es so schwer . .«

»Ei!«

»Ich weiß nicht, wie ich anfangen soll.«

»Gar nicht.«

»Sie könnten mir helfen!«

»Warum denn ich? Übrigens, Ihnen ist nicht zu helfen.«

»Herr Dieter, ich bitte Sie, geben Sie mir die Hand!«

»Es sind ja andere Herren genug im Amt, vielleicht geben Ihnen die ihre Hände.«

»Nein, geben Sie mir die Hand.«

»Warum denn?«

»Daß Sie niemand etwas sagen, niemand. Auf Ehrenwort!«

»Wissen Sie was, sagen Sie mir auch nichts, das ist das einfachste.«

»Aber Sie sind doch mein Freund.«

»Wie oft muß ich Ihnen noch erklären, ich habe Sie zwar ein paarmal gesehen und leider auch, ohne mein Zutun, ein paarmal mit Ihnen reden müssen, aber Freund? Das ist eine weitgehende Beleidigung, zu welcher ich Ihnen kein Recht gegeben.«

»Sie sind der Einzige, der mir raten und helfen kann.«

»Raten schon, aber helfen wird es nichts.«

Egons Fassung war zu Ende, er ließ seinen Kopf auf den Tisch niedersinken und heulte und schluchzte zum Steinerweichen. Dieter schob seine Akten beiseite und ließ den Ausbruch dieses Schmerzes still vorübergehen; endlich hob der stehend über den Tisch Gebeugte sein tränenüberströmtes Gesicht auf und sagte: »Ich kann nicht mehr! Ich halts nicht länger aus! Mir tut ja der Rücken so weh.« Und nun gestand er, zu Hause müsse er in seiner Wohnung im Gesandtenviertel auf einem Koffer sitzen, denn sie hätten nur ein Bett und nur einen Stuhl, welchen seine Frau einnehme. Drum sei sein Platz auf einem harten Koffer. Sonst gäbe es gar kein Mobiliar. Dieter schüttelte den Kopf und schwieg. Darauf zog Egon aus der

Brusttasche ein Papier und reichte es Dietern hin. Das war ein aus Innsbruck datierter Brief, worin ein gewisser Amlech, Hausbesitzer, folgendes vorbrachte: Herr Egon de Alamor habe anläßlich seines Frühjahrsaufenthaltes eine Wohnung in seinem, des Schreibers Hause, bestehend aus vier Zimmern und Zubehör gemietet. Auf Begehren des Bestandnehmers habe der Hausherr im Hofe einen kleinen Stall für ein Pferd mit anstoßender Wagenremise erbauen, weiter die Gemächer nach den angegebenen Mustern in sezessionistischem Geschmack ausmalen lassen, was insgesamt einen Kostenaufwand von zweitausend Kronen verursacht. Herr Egon de Alamor hätte nicht nur kein wie immer geartetes Angeld, oder auch nur den bescheidensten Spesenbeitrag geleistet, sondern sei zu Beginn des Viertels gar nicht eingezogen, so daß nun die Wohnung leer stehe, von Stall und Remise ganz zu schweigen. Er, Amlech, ersuche nunmehr ebenso höflich wie dringend, die aufgelaufenen Kosten, deren Einzelheiten aus den zuliegenden Rechnungen von Maurer, Dachdecker, Zimmermann, Glaser, Installateur, Anstreicher, Ofenputzer auf den Heller zu ersehen, samt dem Zinse für drei Monate ehestens einzuschicken, worauf von der Einhaltung des Mietvertrages dankend abgesehen würde. Widrigenfalls aber müßte der gesetzliche Weg betreten werden und so weiter.

Dieter las dies Schreiben, schüttelte den Kopf und sah Herrn Egon an, welcher ihm fassungslos den Blick zurückgab.

Egon stammelte, er habe freilich die Wohnung gemietet, denn die Anstellung in Innsbruck sei ihm so gut wie sicher gewesen.

Dieter sagte: »Auf Ihr Ehrenwort, nicht wahr? Und der Stall? Den benötigten Sie wohl für sich und Ihren Koffer, während die vier Zimmer für die Frau Gemahlin und dero Sessel und Bett bestimmt waren.«

Die Danitza habe sich so gefreut, im Wägelchen kutschieren zu dürfen, und es sei ihr Herzenswunsch gewesen, darum konnte er nicht anders, als Stall und Remise in Auftrag geben, zumal er doch auch mit der Mitgift gerechnet habe.

»Nun und?«

Egon gestand weinerlich: »Ich habe ja nichts bekommen.«

Dieter verhörte weiter: »Nichts? Und was macht die alte Serbin? Wie Sie verheißen haben, sollte sie ja reich sein!«

»O diese Kanaille,« knirschte Egon, »kenne sich einer aus, wieviel sie hat, sicher vierzigtausend Gulden oder mehr, aber sie gibt nichts her, bevor ich definitiv bin. Ich hab die Danitza immer gebeten, sie soll Geld verlangen, aber meine Frau will eher betteln gehen, als von ihrer Mutter etwas ansprechen, so eigensinnig ist sie. Sie tuts und tuts nicht. Ich kann nicht mehr länger so leben, es bricht alles über meinem Kopf zusammen. Damals ist meine Frau mit mir durchgegangen, weil die Alte um keinen Preis die Heirat erlaubte. Erst als wir von unserer Fahrt nach Innsbruck zurückkamen, hat sie zustimmen müssen.«

»Aber unentgeltlich?« fragte Dieter.

»Jawohl,« bestätigte Egon.

»Jawohl,« schloß Dieter ab.

Von neuem schluchzte de Alamor. Da wurde Dieter unwillig: »Wissen Sie, Bester, was ich Ihnen hiermit erkläre: Sie sind ganz einfach ein Heiratsschwindler.«

Egon schwieg, um nach einer kurzen Weile aufzujammern. »Wenn meine arme Mama das erfährt, die überlebts nicht. Ich bringe sie ins Grab, sie, die so viel Sorgen gehabt hat um mich und meine Schwester! Herr Dieter, helfen Sie mir!«

»Wenn ich auch nur eine Minute noch mit Ihnen versäumen soll, dann schweigen Sie augenblicklich von Ihrer Mama. Ihre verehrten Herren Eltern sind noch schlechter, als Sie ungeratener Schlingel. So gescheit sollten Sie doch schon in Ihrem Alter sein, wenigstens einzusehen, daß Ihre werte Mama an Ihnen schuld ist, wie Sie dastehen. Schon daß sie Sie geboren hat, war unverzeihlich, das muß wohl hingehen. Aber wer hat Sie denn zu dem Jüngling erzogen, der Sie sind? Wer hat Ihnen denn Ihre gesellschaftliche Stellung, Ihr hohes Standesbewußtsein ins Vogelgehirn gesetzt und Sie mit lauter Lug und Trug aufgefüttert? Wer? Und warum? Damit die Frau Mama als Dame faulenzen und nobel tun kann! Schon Ihr gottseliger Herr Papa ist auf diesem Vornehmheitsmisthaufen gesessen und hat Schulden gemacht, damit die Familie nach was Rechtem aussieht, und hat ehrbar mitgelogen und mitbetrogen, statt den

Stock zu nehmen, Ihren vererbten Stock mit der geschmackvollen Krücke, und ihn auf dem Rücken Ihrer verehrten Frau Mama tanzen zu lassen, damit sie endlich was arbeitet und zu was taugt, sowie auf Ihrem Buckel, mein Bester. Hätte Sie zur rechten Zeit das Gesäß von Erziehungsschlägen geschmerzt, dann täte es Ihnen jetzt nicht von dem Koffer weh, auf dem Sie sitzen, und morgen nicht von der Pritsche im Arrest, auf der Sie wegen Betruges liegen sollen und werden. Ihre Mama ist eine alte Galgenvogelmutter, von der Sie die einzige Beamtenwissenschaft gelernt haben, wie man Vorschüsse nimmt und von allen Seiten Geld herauslockt, das man nicht verdienen kann. Aber nicht einmal diese Wissenschaft beherrschen Sie, und selbst zum Schwindler fehlt Ihnen das Talent. Sie glauben sich freilich dazu berufen, aber auserwählt sind Sie nicht! Und Ihr Herr Papa ist ein Simandl, ein Pojazer, ein braver Hosenhocker gewesen, der sich von Ihrer Mutter hat alles vorsagen lassen, bis er Sie glücklich zustande gebracht, Sie Sohn und Erbe. Jetzt können Sie diesen Stamm halten!«

»Herr Dieter, Sie beleidigen meine Eltern. Mein armer Papa würde sich im Grabe umdrehen, wenn er mein Schicksal erführe.«

»Gewiß, ich beleidige Sie und Ihre ganze Aszendenz und Deszendenz, und wenns Ihnen nicht recht ist, vertrauen Sie sich jemand anderem an, der Sie für einen Ehrenmann hält.«

Egon stand still da und ließ das Unwetter auch dieses Zornes ruhig über sich ergehen.

Dieter konnte sich noch immer nicht fassen. Da stand dieser Knabe in einem eleganten Anzug, wie Dieter sich niemals einen leisten konnte, wohlgenährt, noch roch er nach seinem täglichen Gabelfrühstück, stand da und weinte. Stand da und glotzte mit blöden Augen über das Unheil, das er angerichtet, und wollte noch die Leute um ihr Vertrauen beschwindeln, wie um ihr Geld. Dieter packte ihn an beiden Schultern und führte ihn vor den Spiegel, der über dem Waschkasten der ärmlichen Amtsstube hing. »Da schauen Sie sich nur an. Das ist der Triumph Ihrer Frau Mama und Ihres Herrn Papas. Betrachten Sie gütigst Ihr Gesicht, Ihre Augen, Ihren Mund. Und jetzt bedanken Sie sich bei Ihren Herren Eltern. Sind Sie noch über etwas unklar?«

Egon sah gehorsam in den Spiegel, dann kehrte er zum Schreibtisch zurück und vermied es, ein Wort zu sagen, bis sich seines Gönners Zorn gelegt hatte.

Man hörte geraume Zeit nur das Ticken der Wanduhr, indes die Sonne langsam über den öden Hof hinaufkroch und endlich in einem lichten, warmen Streifen über den Akten dalag.

Dieter hatte sich wieder an den Schreibtisch gesetzt. Egon stand in ehrfurchtsvoller Entfernung und wagte nicht, sich zu nähern. Endlich begann er wieder mit schmeichelndem Flehen: »Herr Dieter, Sie sind wirklich wie ein Vater zu mir, ich beschwöre Sie, geben Sie mir dreitausend Kronen als Darlehen. Ich biete Ihnen keine Zinsen an, gar nichts. Nur mein Ehrenwort. Ich will Ihnen das Geld abzahlen, wenn ich kann. Und Sie allein sollen mich retten. Mein ewiger Dank wird ihr Lohn sein.«

»Ihr gütiger Antrag schmeichelt mir ungemein. Ihr Vertrauen zu mir kennt keine Grenzen. Aber daß Sie mich für so dumm halten, ist wieder eine der Beleidigungen, die Sie auf mein Haupt zu häufen belieben. Ich besitze leider keine dreitausend Kronen, und wenn ich sie hätte, würde ich damit alles andere eher bestreiten, als Ihre Schuldentlastung. Doch will ich sehen, ob ich Ihnen einen Rat geben kann, denn der ist für Sie augenblicklich noch dringender, als das Geld. Setzen Sie sich also nieder, nehmen Sie ein Blatt Papier und schreiben Sie.« Damit stand er auf, ließ Egon an seinem Tische Platz nehmen und bot ihm Feder und Tinte an. Alamor zog aber aus der Brusttasche eine goldene Füllfeder hervor, welche er wie manches andere wertvolle Schreibmaterial erstanden hatte, um sich nie von ihr zu trennen. Mit diesem kostbaren Werkzeuge saß er da und blickte seinen Gönner aus den ängstlich offensten Augen voll Spannung an.

»Also jetzt schreiben Sie eine genaue Liste aller Ihrer Schulden. Vorwärts.«

Egon begann, sein Gedächtnis anstrengend, postenweise das Bekenntnis abzulegen und zu Papier zu bringen, wobei er einzelne Stellen nur zögernd eingestand. Dieter, welcher sofort jedes Bedenken merkte, drängte dann immer: »Bloß dies? Es wird wohl mehr sein!« Und seufzend erhöhte Egon die betreffende Ziffer auf ihren wahren Stand. Auf der Liste fanden sich alle Namen des Amtes, vom Vorstande abwärts bis zum Kanzleidiener, der Egons tägliches Gabelfrühstück besorgte. Als diese Post auch mit etlichen zwanzig Kronen stöhnend einbekannt war, schlug Dieter mit der Faust auf den Tisch:»Nicht einmal den armen Teufel haben Sie verschont?«

»Ich bitte, ihm habe ich ein monatliches Trinkgeld ausgesetzt, ein Pauschale!«

»Weshalb?«

»Für das tägliche Besorgen des Frühstücks!«

»Ich will davon gar nicht reden, daß Sie statt Fleisch und Bier ein trockenes Stück Brot genießen sollen, aber wenigstens holen könnten Sie sich diese Mahlzeit doch selber! Natürlich, Herr Egon de Alamor braucht einen Bedienten!«

Egon versicherte, gerade dieser einfache Mann habe mehr Takt im Herzen, als mancher hochgestellte Beamte. Von ihm sei noch keine Mahnung oder andeutende Ungeduld laut geworden, er benehme sich seinem Schuldner gegenüber nach wie vor respektvoll und unterwürfig, während der Herr Vorstand ihn schon mehrmals recht hart und schonungslos angelassen und gedroht habe, seine Frau Mama vorzuladen, für welche Alamor das Geld angesprochen, und auch der Herr Konzipist und die anderen Gläubiger hätten ihn unsanft genug behandelt, so daß man sehe, wie Armut und niederer Stand oft mehr echte Vornehmheit und brave Gesinnung wahrten, als Wohlergehen und höhere Bildung.

»Sie dreister Schafskopf!« resümierte Dieter Egons sittliche Betrachtung.

Auf die Frage, wohin denn alle diese Summen gegangen seien, gestand Alamor, er habe Danitza gegenüber vorgegeben, mit einer Nebenbeschäftigung so viel einzunehmen, daß er das von ihr beanspruchte Wirtschaftsgeld aufbringen könne. Da er aber in Wahrheit natürlich keine Nebenbeschäftigung besaß, mußte er deren angebliches Erträgnis allmonatlich entlehnen.

Außer den vom Innsbrucker Hauswirt eingeforderten, ergab das Schuldenverzeichnis eine sichere Belastung des Alamorischen Daseins mit zweitausend Kronen.

Dieter sagte nun: »So! Jetzt kennen wir hoffentlich Ihre ganze Schmach. Was Ihre Gegenwart und Zukunft betrifft, so belieben Sie gefälligst zu hungern, wenn Sie kein Geld haben. Ihre Frau Gemahlin könnte doch ganz wohl in ihr früheres Schokoladengeschäft zurückkehren und auch ihr Teil mitverdienen?«

»In ihrem Zustand?« mahnte Egon.

»Ach so! Nun, da sie mit der Fortpflanzung ihres Geschlechtes beschäftigt ist, mag es hingehen. Warten wir also. Aber nach der Lotterieziehung soll sie nur wieder beginnen.«

»Nein, Herr Dieter, das kann ich nicht übers Herz bringen, eine Frau gehört an den häuslichen Herd.«

Dieter lächelte ingrimmig: »Auf Ihre Meinung über die Bestimmung des Weibes kommts jetzt nicht an. Zunächst müssen Sie die Vergangenheit aufs Gleiche bringen. Da sie den genialen Gedanken hatten, Ihre sämtlichen Schulden auf einen neuen Gläubiger zu überwälzen, dadurch eine gewisse Vereinfachung des Geschäftsganges zu bewirken und die zahlreichen zerstreuten Forderungen sich vom Halse zu laden, muß ich, von meiner Person dankend abgesehen, immerhin zugeben, daß diese Entlastung allerdings den einzigen möglichen Ausweg für Sie bieten könnte. Die Frage ist nur, ob Sie wirklich einen Menschen auf der Welt finden, der so dumm ist, Ihnen das ganze Geld zu geben, also noch dümmer als Sie. Übrigens haben Sie ja als Knabe dank Ihrer guten Erziehung in vornehmen Häusern verkehrt, vielleicht finden Sie noch einen bisher vernachlässigten Freund, an den Sie sich wenden können. Bekommen Sie dieses Geld, dann zahlen Sie Ihre riesigen Schulden auf den letzten Heller ab, dem Innsbrucker Hausherrn schreiben Sie einen hochanständigen Brief, bekennen Ihre Verhältnisse wahrheitsgetreu, schicken ihm zweihundert Kronen als Beweis ihres guten Willens, handeln ihm seine Forderung entsprechend herab und sichern ihm für die Restsumme pünktliche Ratenzahlung. Darauf wird er eingehen, denn er verdient seine Strafe dafür, daß er einem solchen Hochstapler aufgesessen ist.«

Egon sann nach, er wisse wohl einen reichen Schulkollegen, dessen Schwester – er lächelte bei der Erinnerung – ihm einst Zeichen eines merklichen Wohlgefallens gegeben, welche er indessen unerwidert gelassen habe, da sie nicht hübsch genug gewesen sei. Diesen lang vernachlässigten Freund wolle er aufsuchen.

Dieter bestärkte ihn darin, noch heute den Weg anzutreten und dann seiner Frau zu Hause alles, aber auch alles zu beichten. Nur so könne Egons Schicksal eine neue, freilich unverdiente Wendung zum Guten nehmen. Mit innigem Dank empfahl sich de Alamor, um seinem Gönner zu gehorchen. Man sah ihn langsam, auf den Ebenholzstock gestützt, den Zylinder auf die sorgenvolle Stirn gedrückt, das Amt verlassen.

Tags darauf saß Dieter, einigermaßen gespannt auf den Ausgang des Alamorischen Bitt- und Bußganges, über seinen Akten und schrieb eifrig weiter, als Egons hohe Gestalt, festlich gekleidet, eintrat. Seine Begrüßung von edlem Anstand, wie auch sein in den Hüften sich wiegender Schritt war als Triumph zu deuten. Dieter sah auf und prüfte Alamors Gesicht, welches, hoch gerötet, von innerer Befriedigung und genußvollem Stolze zeugte. Ohne weitere Einleitungen begann der junge Mann seinen Bericht, indem er eine feine, saffianlederne Brieftasche hervorzog und Herrn Dieter ihre Füllung mit wirklichen Banknoten aller Art vorwies.

»Alle Achtung, Herr de Hochstapler,« sagte Dieter mit einer Verbeugung.

Auf dem Wege nach Mariahilf, wo sein ehemaliger Schulkamerad wohnte, habe er den tiefsten Schmerz eines gequälten Gewissens, eines reuevollen Stolzes durchempfunden und oft genug umkehren wollen, um, statt nach Westen vorwärts, zur Donau und an die Reichsbrücke zurück zu wandern und sich durch einen Sturz ins Wasser aus seiner unwürdigen Lage für immer zu befreien. Dieter nickte zustimmend: »In der Tat, das wäre kein übler Ausweg gewesen. Ich habe gestern ohnedies daran gedacht. Dazu darf man jedoch leider nicht raten. Aber Sie haben sich diese Entscheidung erspart und der Menschheit, dem Amt, der Frau Gemahlin und dem präsumptiven Leibeserben Ihr kostspieliges Dasein erhalten, wie ich sehe.«

»Sie haben leicht lachen, Herr Dieter, mir war nicht spaßig zumute.«

»O ich bitte sehr, was ich sage, meine ich höchst ernst.«

Schließlich sei Alamor wirklich zum Hause des einstigen Freundes gekommen, auf der Stiege überfiel ihn die äußerste Angst, Scham und Beklemmung, so daß er die Treppen nur wie ein Taumelnder erstieg und die Zeit, welche er dazu brauchte, wie eine Ewigkeit in der Hölle durchlitt. Eben während er Stufe um Stufe nahm, begann im Hofe ein Leierkasten jenes Tanzduett aus der Operette zu spielen, die er so liebte und in glücklicheren Zeiten mit seiner Danitza angehört hatte. Jeder Ton brachte ihm eine entsetzliche Mahnung an sein verscherztes einstiges Glück, an seine trostlose Gegenwart, schnitt ihm wie ein klirrendes Messer ins Herz, und noch klang diese Musik, als er an der Tür schellte. Man öffnete ihm, er konnte nur nach dem Freunde verlangen, wurde in ein Zimmer geführt, und als gleich der Gesuchte eintrat, vermochte Egon kein Wort mehr zu sagen die Sinne schwanden ihm, er fiel in Ohnmacht. Nach einer Weile – er wußte nicht, wie lange er so gelegen – fand er sich auf ein Sofa gebettet, Weste und Hemd geöffnet, eine kalte Kompresse auf Stirn und Brust, von dem Freund und dessen Schwester betreut und lächelnd und voll Besorgnis begrüßt.

Das Weitere ergab sich leicht. Er gestand alles unter Tränen, und alles wurde begriffen und verziehen, denn er war ja krank und elend genug. Der Freund war ein Freund. Seine Schwester ein Engel. Kurz, er bekam die ganze verlangte Summe. Es gab noch Menschen auf der Welt.

»Ja, ja, nur ein Weiser braucht sie mit der Laterne zu suchen, Sie finden sie in Ihrer Ohnmacht.«

Man lud ihn zu einem Imbiß ein, stärkte ihn mit dem besten Rotwein, erkundigte sich aufs teilnehmendste nach seiner Gattin, seinem Amt und sprach von den Zeiten der Jugend. Getröstet entließ man ihn erst, nachdem er alle seine Kräfte wiedergewonnen.

So konnte er denn noch abends nach Hause fahren. Man hätte ihm gegen allen seinen Widerstand einen Wagen aufgenötigt, fügte er sofort bei, als Dieter über diesen vornehmen Abschluß der Bettelei die Stirn runzelte.

»Und wie haben Sie sich mit der Frau Gemahlin auseinandergesetzt?« inquirierte Dieter weiter.

Alamor seufzte.

»Was hat sie gesagt? Wie brachten Sie ihr die Sache bei?«

»Schonend. Aber nach und nach hat sie alles erfahren.«

»Und dann?«

Alamor senkte das Haupt.

Dieter sah ihn an und machte eine bedeutungsvoll ausholende Handbewegung. Egon nickte bestätigend und fuhr unwillkürlich an seine linke Wange.

Dieter war befriedigt: »Das gefällt mir sehr gut. Meinen Respekt! Und dann?«

Ja dann habe seine Frau sehr zu weinen begonnen und er habe seine Not gehabt, ihr ein Messer zu entwinden, welches sie gegen sich gezückt. Aber endlich beruhigte sie sich, war versöhnt und forderte nur, was auch Herr Dieter verlangt, die genaueste Erfüllung aller Verbindlichkeiten, die strengste Wirtschaft, die sie in die Hand nehmen wollte. Nun würde ein neues Leben beginnen. Wenn nur die Schwiegermutter Vernunft annähme. Aber Danitza wollte um keinen Preis mit ihr reden.

»Also gehen Sie zu ihr als Mann und sprechen Sie. Gebrauchen Sie alle Verführungskünste Ihrer Schwindelberedsamkeit, malen Sie Ihre häuslichen Zustände mit den stärksten Farben, trumpfen Sie Ihre Bedeutung als Gatte, Beamter und Standesperson auf und setzen Sie ihr einen Revolver an die Brust, vorsichtshalber einen ungeladenen.«

Egon war von diesem Rat begeistert. Er brauche das Geld ja nicht um seinetwillen, er habe jedes Opfer gebracht und werde auch weiterhin dazu bereit sein, aber wegen der teuren Frau und des Kindes müsse die Serbin doch etwas tun.

»Ja. Halten Sie ihr nur diese Rede und bald, aber jetzt schauen Sie zu Ihrer Arbeit und lassen Sie mich das gleiche leisten.«

Nochmals für alles Empfangene unter lebhaften Beteuerungen dankend, dienerte Egon zur Tür hinaus.

In den nächsten Tagen war der Gerettete eifrig mit Zirkel und Linealen, Reißfedern und rauhem Zeichenpapier beschäftigt und entwarf üppige Pläne mit strahlender Miene. Als Dieter dieses künstlerische Unwesen bemerkte, folgte ihm Egon auf den Zehenspitzen in sein Kämmerchen.

»Nun, haben Sie der Serbin was entlockt?«

Egon lachte halb verlegen, halb befriedigt und begann zu erzählen: freilich sei er dort gewesen und ordentlich aufgetreten. »Gnädige Frau, habe ich gesagt, Sie können ja durch ihren Starrsinn meine brave Frau und mich zugrunde richten, aber Sie sollen es wissen, daß Ihrer Tochter und vielleicht eines Enkels Leben aufs Spiel gesetzt wird, gnädige Frau sind doch kein wildes Tier, sondern ein Mensch, habe ich gesagt, und ich habe ihr den Revolver gezeigt.«

»Ungeladen?«

»Herr Dieter, das war kein Scherz: gnädige Frau, habe ich gesagt, noch gibt es eine Rettung, treiben Sie mich nicht zum Äußersten, ich rede zum letztenmal in Güte zu Ihnen, in meinem, im Namen meiner Frau und meines unschuldigen Sohnes.«

»Darf ich wirklich bereits zu einem Herrn Sohne gratulieren?« fragte Dieter.

Egon entschuldigte sich lächelnd, er habe nur den künftigen Sohn gemeint, denn sie rechneten so sicher auf einen Knaben, daß sie sogar schon seinen Namen bestimmt hätten, er müsse und solle einst Wladan heißen nach dem Willen seiner Gemahlin, wie die edelsten serbischen Helden und Retter des Vaterlandes. Nach dieser Unterbrechung rief ihn Dieter zur Sache und Egon sprach wie aus einem hochgemuten Traume voll erhabener Redewendungen, seine ebenso würdige, wie männliche, drohende und entschlossene Art habe die alte Serbin in der Tat bewegt, so daß sie sich bereit gefunden, wenigstens ein anständiges Mobiliar zu kaufen, denn eine standesgemäße Einrichtung sei doch das Mindeste, worauf eine Tochter und deren Gatte Anspruch hätten. Weitere Geldmittel zur Einrichtung des Haushaltes konnte sie allerdings nicht versprechen, da ihr Vermögen, angeblich irgendwie festgelegt, sich nicht ohne weiteres flüssig machen ließ. Aber wenigstens eine Einrichtung modernsten Stils aus Nußholz in Palisanderimitation habe er sogleich beschafft, hochvornehme Schränke mit englischem Messingbeschlag, Stühle mit gepreßtem Leder, Tische, Waschkasten, kurz, was eben nötig und in einem Warenhause um einen Spottpreis verfügbar war. Es erregte sein Staunen, da er doch von diesen Dingen viel verstehe, wie die Möbel ganz und gar den Anforderungen seines Geschmacks entsprachen und seine zeichnerischen Entwürfe nahezu völlig verwirklichen konnten. Was aber die Wirtschaft betreffe, so habe Danitza alles in ihre kleinen, strengen Hände genommen, arbeite trotz ihrem gefährlichen Zustande wie eine Magd, wobei er ihr helfen müsse, ja er reibe die Küche, wasche das Geschirr, putze die Schuhe und begnüge sich mit einer dürftigen, aber ehrbaren Nahrung, denn seine Frau wolle nun mit seinem Monatsgelde durchaus zurechtkommen, die Schulden pünktlich abzahlen, und er habe allen Herren die empfangenen Darlehen bei Heller und Pfennig erstattet, zu ihrer nicht geringen Überraschung und zur Erhöhung seines Ansehens. »Wenn ich wirklich ein Lump wäre, könnte ich jetzt das Dreifache aufnehmen, man stellte es mir mit Freuden zur Verfügung,« schloß er.

In der nächsten Zeit benahm sich Egon aufgeregt, schoß ängstlich durch die Zimmer, erklärte sich zu jeder Arbeit unfähig, denn er glaube deutliche Vorzeichen der Wehen seiner Gattin wahrgenommen zu haben. Er kam erst gegen Mittag auf eine Viertelstunde ins Amt und verließ es, nachdem er über alle Zustände und Anzeichen den teilnahmsvoll Fragenden jede wünschenswerte Auskunft erteilt, so daß sie recht eigentlich seine Vaterleiden und der Danitza bittere Körperlichkeit miterlebten.

Dietern berichtete er von den täglichen Besuchen einer bedeutenden Hebamme, welche bereits eine großmächtige altdeutsche Penduluhr ins Haus geliefert habe, die seinerzeit die Stunde der Geburt seines Wladan schlagen sollte, indem die Zeiger in diesem Augenblick feierlich in Gang gesetzt werden würden.

Dieter sah ihn kopfschüttelnd an, er kannte diese Opferbräuche und ebenso sinnigen, wie einträglichen symbolischen Fürsorgen der Hebammenzunft gar wohl. Wie sollte dieser Knabe-Vater nicht das rechte Schaf sein, sich von einer weisen Frau scheren zu lassen! Paßte dem Alamor doch jede Torheit und saß ihm wie angegossen, als sei sie gerade für ihn erfunden und zugeschnitten. Der Hebamme wünschte er freilich im argen Herzen eine gerechte Enttäuschung.

Täglich wechselten die Aspekten von Egons Schicksal, zu seinen sonstigen Kümmernissen kamen, wie er Dieter einbekannte, neue Aufregungen, die er in seiner Eigenschaft als Bruder und Sohn erdulden müsse. Seine Schwester habe es nämlich recht schlecht getroffen. Ihr Gatte besaß nicht das vermutete große Vermögen, seine Eltern leisteten keine Subsidien, die Wirtschaft war auf zu hohem Fuße eingerichtet worden, indem seine Schwester ihre Ansprüche nach dem bisherigen Lebensstande des Gatten bemessen hatte, woraus sich Schwierigkeiten, dann Streit ergeben, und nun weigere sich der Elende, mit der Schwiegermutter länger unter einem Dach zu hausen, welche er der Urheberschaft alles Unheils bezichtige. Er verlange von der Gattin, daß sie sich von der Mama lossage, was seine Schwester als treues zärtliches Kind mit Recht verweigere; schon rede der rohe Mensch unverhohlen von Scheidung, er, Egon de Alamor, sei um sein Dazwischentreten ersucht worden und habe alles mögliche getan, beide Teile zu versöhnen, nicht ohne vom unverschämten Schwager schnöden Hohn und das Verbot jedes unberufenen Dreinredens zu erfahren. Nur die Rücksicht auf die äußerst delikaten Verhältnisse hätten ihn, Egon, bewogen, von einer Austragung des Konfliktes abzusehen, aber Dieter könne sich nunmehr beiläufig vorstellen, wie durchaus bewölkt und gewitterig seine Zukunft sich anlasse. Seufzend schloß er: »Ja, lieber Herr Dieter, es ist schwer, Mensch zu sein.«

»Sehr wahr, Sie haben es schwer, Mensch zu sein.«

Die Stunde kam, Egons schwere Stunde, in welcher Danitza von einem toten Knäblein entbunden und nur mit Mühe selbst am Leben erhalten wurde; schlechte, ungenügende Nahrung und wohl der schwache Körperzustand der beiden Gatten hatten nach der Meinung des Arztes die Daseinsunfähigkeit des Kindes verschuldet.

V

Über dem leider allzufrüh zu Staub gewordenen Sohne Wladan, den vergeblichen Wehen Egons und Danitzas war es Winter geworden, die weiße Zeit, wo sich jeder Mensch gleichsam in den dicken Pelz des eigenen Ich einhüllt, dem Sturme und der Kälte zu entgehen. Sorgen und Not trägt man stumm, als schmerze jedes Wort und jede Bewegung auch des Gemütes stärker, als sonst. Selbst die unleidliche Arbeit, Schreibereien, Akten und Amtsgeschäfte sind willkommen in der warmen Stube, wo die Kohle von Amtswegen verschwendet und nicht nach dem Preis und der Menge gefragt wird, man sitzt in Tabakwolken wie in einem blauen Zaubermantel morgenländischen Wohlgeruches und freut sich, daß die nassen Wintermäntel an den Haken hängen und dünsten, während um die Gummischuhe sanfte Teiche stehen. In dieser Zeit verhielt sich auch Egon still und mäßig an seinem Tische, rastrierte, malte, zeichnete mit gebeugtem Kopfe und besah, eine Zigarette im Munde, seine Schreibkunstwerke, während er das gewohnte Krügel Bier, damit seine ungerechte Üppigkeit ungesehen bleibe, unter dem Pult verbarg. Man kümmerte sich nicht viel um ihn, aus den gleichen winterlichen Gründen, denn jeder hatte seine eigenen näheren Sorgen.

Alte Außenstände von leichtsinnigen, fröhlichen Zeiten, Mahnungen an einstige blühende Kreditgewährungen und bekümmerte Darlehnsforderungen werden wie Winterkleider aus dem Kasten genommen, nach allen Seiten gedreht und auf ihre Tauglichkeit besehen. Was einem anspruchsvolleren Sommerstolze recht dubios erschien, erweist sich der Bescheidenheit des winterlichen Genügens als durchaus haltbar oder zumindest noch immer präsentabel. Man hat ja Zeit genug, einmal auch die und jene zweifelhafte Sache herauszuputzen, so gut es geht, und sie in die Welt hinauszuschicken. Einen Bogen Papier, eine schlaflose Bureaustunde und ein paar wie im Traume gedrechselte Phrasen ist sie immer noch wert. Lauter warme Ofenträume, beflissene und abenteuerliche, werden lebendig und gewinnen wenigstens eine papierne Gestalt und Rede, sie werden auf Reisen zu anderen Stuben und anderen Schreibern geschickt, wodurch sich eine leise, aber zähe Schlacht von entgegengesetzten Bestrebungen, ablehnenden und hoffnungsvollen

Winken, höflichen Bescheiden, sinnigen Vorstellungen und eben-solchen Gegenvorstellungen entwickelt, bei der es jedem Schreiber heiß wird wie einem General, während der schwedische Ofen dazu knattert und flackert. Berge von dringlichen Aktenstücken türmen sich um den Beamten, welcher wie ein Feldherr über seine Armee von Buchstaben, Worten, Floskeln gebietet. Wer hatte da Zeit, um Egon de Alamor zu fragen! Dieter streifte ihn nur zuweilen mit einem Blicke und fand ihn ein wenig stumpf, ungepflegt, trübselig, zuweilen sogar blödsinnig hinstarrend. Er nannte dies im stillen den Winterschlaf eines Faultieres.

Darüber wird es Neujahr, man teilt Trinkgelder aus und be-kommt selber die und jene Zulage oder Beförderung, welche das Leben wieder heller macht, die heiligen drei Könige wandern mit Sang und Klang an dem Sterne von Bethlehem vorüber, man merkt später, daß auch der Tag es nicht mehr so eilig hat, zu gehen, der Schnee nicht mehr sich ungestört breitmachen darf, aber dafür schmutzt und sich durch Kot rächt, bis die ersten parfümierten »Märzveigerln« von den Blumenweibern an jeder Ecke schmei-chelnd angeboten werden. Auf einmal ist man gegen die treue Ofenwärme undankbar, das Herz vergißt die vielen Leichenbe-gängnisse, Krankheiten und Unfälle des überstandenen Winters, es legt den schweren Pelz der Ichsucht ab und verlangt Geselligkeit, als seien auch seine eingefrorenen Quellen wieder lebendig gewor-den und rauschten in der Brust und strebten nach anderen Bächen, um sich zum ewigen Strom der Gemeinschaft und Menschlichkeit zusammenzufinden. Hoho! Es wird ja Frühling! Der Leichtsinn beginnt, und die alten törichten Seelen bekommen Schwingen und hegen Wandergedanken, Tanzwünsche, Reisehoffnungen. Die Ak-ten verstummen, die Geschäfte sickern langsamer, denn die Schrei-ber haben anderes zu tun. Was gelten jetzt die alten, verstaubten, verjährten, verkommenen, bettlerischen Außenstände? Jetzt wird auf den Feldern gesät, man treibt neue Unternehmungen und pflegt neue Pläne. Man besinnt sich plötzlich, daß der Mensch nicht wegen des Geldes, sondern das Geld wegen des Menschen da sei. Und jeder kommt sich selber wie ein zurückgebliebener Außenstand vor, den der Lenz eintreibt, solange noch ein Blutstropfen da ist. Und beim Himmel, wer ließe sich vom Lenz nicht eintreiben nach Her-zenslust, vom rufenden Amselschlag, vom Sonnenlachen und Frau-

enschimmern! Selbst die eingesessensten Aktenherren denken jetzt
wenigstens nicht mehr ausschließlich im Schriftwege. Ist einer jung,
so tut ers mündlich und sucht einen Gegenmund, der ältere nimmt
seinen Buben an die Hand, oder ist er unfehlbar ledig, so greift er
nach dem Stecken und wandert nach dem ersten Grün, und sei es
nur ein Fichtenkranz vor einer Heurigenschenke, der einen Früh-
wein verheißt, oder nach den ersten weißen Buschwindröschen,
nach den ersten goldenen Abendröten. Hoho, es ist Frühling! Man
wird gesellig und liebenswürdig und geschmeidig, denn der Lenz
macht alle Menschen, so gut es nur gehen will, eifrig, ihm zu gleichen und sei es mit einem leisen Schmerz und einer stillen Ver-
zweiflung: Ach, warum bin ich nicht jung genug, nicht schön, nicht
frech, nicht frei genug, dir zu gleichen, dich zu haben, du zu sein,
Frühling?

In dieser Zeit, deren heiteres Licht selbst zu den Akten und Amts-
leuten fiel, gab es wieder Gespräche, man traf sich auf den Gängen,
versammelte sich zu kleinen Erörterungen über politische und andere Dinge, die kühnen jungen Leute wußten von Frühlingsaben-
teuern zu berichten, die wie ein Blumenduft unversehens um die
nächste Ecke wehen, die älteren hörten sachverständig zu und ge-
nossen unbeteiligt den Zustand gelassener Beobachtung, neben den
unbekümmerten Rufen der Menschlichkeit läuteten gelegentlich
wohlbekannte und unausbleibliche Sauglöcklein, kurz, alles
Menschliche kam an die Sonne, besah sich und ließ sich besehen.
Der Versammlungsort, wo sich alle Amtsbrüder gelegentlich auf
eine Weile zum Plaudern einfanden, war das sogenannte Archiv,
ein düsteres, mit Bücherschränken bis an die Decke bestelltes Zimmer, hier suchte man, oder gab zu suchen vor, was man zur Erledi-
gung schwieriger Angelegenheiten und Beantwortung aller kom-
merziellen Rätselfragen benötigte.

In diesem Archiv standen eben ein paar Herren im Gespräche, als
eine Dame eintrat und mit verlegenem Grüßen nach Herrn Dieter
verlangte. Sofort stoben die dienstbeflissenen Höflichen davon, den
Gewünschten zu verständigen. Eine Dame im Amt, eine hübsche
noch dazu, ist immer Gegenstand großer Aufregung, besonderer
Phantasieen, Kombinationen, Erörterungen und Anlaß, alle Fühler
der Diskretion auszustrecken.

Einen älteren Knaben, der seine Gesetztheit dazu benützte, weltmännisch bei der schlanken Überraschung zu bleiben, fragte diese, ob nicht auch Herr de Alamor zugegen sei, ihr Gatte.

»O ich bitte sehr, ich werde ihn gleich suchen,« sagte der Gentleman, erfreut, einen Zipfel des großen Geheimnisses in Händen zu haben, und traf auf dem Gange den ganzen Trupp, der Herrn Dieter wenigstens bis an die Tür des Archivs begleitete, wenn es schon nicht anging, seiner Unterredung mit der Dame beizuwohnen. »Ich wüßte nicht, was für eine Dame mich hier aufsuchen wollte, ich halte mich für unbescholten, aber man weiß freilich nie . . .,« sagte Herr Dieter gerade, als der ältliche Herr ganz außer Atem gesegelt kam und auf den Gesuchten prallte, neben welchem Egon de Alamor beflissen, neugierig und vergnügt einherwandelte, wie immer, wenn es etwas Unerwartetes, ein Ereignis und Extravergnügen absetzte.

»Es ist ja Ihre Frau Gemahlin,« stieß der Volldampf hervor.

Dieter wandte sich eben nach seinem ständigen Begleiter und unausweichlichen Vertrauten fragend um, als dieser mit einer unglaublich hurtigen Wendung davon schoß. Die übrigen besannen sich erst noch, ob sie ihm folgen oder bis ans Archiv dringen sollten; Dieter konnte nichts anderes tun, als vorläufig sich der Dame zur Verfügung stellen. Er trat ein. Die Danitza stand in einem zwar bescheidenen, doch anmutigen blauen Kleide hochgewachsen da, sehr blaß, mit großen, dunkeln, etwas scheuen Augen. Sie schaute Dieter offen entgegen, aber er merkte ihrem Blicke leicht an, daß der sich lieber gesenkt hätte und nicht eben gern der Frage eines anderen Blickes begegnete. Es herrschte eine kleine, peinliche Pause, nachdem Danitza sich vorgestellt hatte, bis Dieter endlich sagte: »Gnädige Frau suchen gewiß den Herrn Gemahl. Er war eben noch draußen. Darf ich ihn vielleicht rufen?«

Danitza schüttelte den Kopf: »Ich danke sehr, eigentlich möchte ich ihn vorläufig noch nicht hier haben, es handelt sich vielmehr um eine Sache, die ich zunächst mit Ihnen besprechen möchte, wenn Sie die große Güte haben wollen, mich anzuhören und zu verzeihen, daß ich Sie belästige. Aber mein Mann hat mir so viel von Ihnen erzählt und von allen Ihren aufrichtigen Ratschlägen, daß ich es wage. Denn ich weiß ja wirklich nicht, an wen ich mich wenden könnte.«

Dabei füllten sich ihre Augen rasch mit Tränen. Dieter verbeugte sich stumm. Die Frau begann nun gleich zu sagen und zu fragen, was nötig war. Seit langem hatte Egon nicht mehr regelmäßig sein Gehalt nach Hause gebracht, sondern nur nach vielen dringlichen Mahnungen erst gegen die Mitte des Monats. Nun sei sie heute durch den Besuch eines Herrn überrascht worden, welcher die unbeglichene Rechnung jenes Geschäftes vorgewiesen, von dem die Einrichtung ihrer Wohnung stammte, und äußerst entschieden sofortige Zahlung verlangt habe. Da sämtliche Möbel nur gegen Zusicherung von Raten und mit dem Vorbehalt des Eigentums geliefert worden seien, würde er alles wegschaffen und der Firma zurückstellen lassen, wenn nicht endlich die Teilzahlungen pünktlich einliefen. Ihr Mann hatte sie seiner Zeit mit diesen Möbeln überrascht, indem er ihr erzählte, eine bedeutende Remuneration für abgelieferte wohlgelungene Zeichnungen auf die Hand bekommen und sogleich zu diesem schönen Zwecke verwendet zu haben. Da sie schon einmal seine Beichte unerhört großer Schulden habe vernehmen müssen, ahnte sie jetzt gleich nichts Gutes und sei hierher geeilt, zunächst Herrn Dieter zu fragen, was denn in aller Welt vorgehe.

»Mir erzählte er damals, Ihre Frau Mutter habe ihm auf sein Drängen und inständiges Drohen das Geld für die Einrichtung gegeben,« sagte Dieter.

Danitza schluchzte auf. »Meine Mutter weiß davon gar nichts.« Die alte Frau besäße wohl ein kleines Vermögen, das einst den Kindern zuzufallen bestimmt sei und zu anständigem Unterhalt, sogar zu einer Unterstützung ausreiche, doch keineswegs um bedeutende Summen gekürzt werden könne, ohne ihren bescheidenen Wohlstand aufs Spiel zu setzen. Die Mutter habe auf jede Weise ihre, Danitzas, beabsichtigte Verbindung mit Egon de Alamor zu verhindern, ja zu hintertreiben gesucht. Aber da sie sich nun einmal in ihren Mann verliebt hatte und ohnehin mit der Alten nicht sehr gut stand, hätten alle diese Hindernisse nur ihren Trotz gestärkt, und sie habe es sich in den Kopf gesetzt, nun erst recht den jungen Mann gegen alle Mahnungen und Widerreden zu nehmen. Er habe seine baldige Anstellung als definitiver Beamter, seine Beförderung und weitere Laufbahn in sicherste, rosigste Aussicht gestellt; den Rat der Mutter, dies Ergebnis abzuwarten, habe sie im Vertrauen auf den Bräutigam und auch in ihrer ungeduldigen Verliebtheit – sie errötete und wandte den Kopf ab – um keinen Preis befolgen wollen, so machten sie Hochzeit. Die Mutter gab ihr, obgleich gekränkt und unversöhnlich, immerhin eine bescheidene monatliche Unterstützung, denn von dem Gelde, das Egon unregelmäßig nach Hause brachte, auch den bescheidensten Haushalt zu bestreiten, wäre ganz und gar unmöglich. Diese geringen Einkünfte ihres Mannes benützte sie, um wenigstens in kleinen Raten die Schuld zu zahlen, die er im Herbste eingegangen.

Aber weitere Beiträge zur Einrichtung oder ähnliche große Ausgaben durfte und wollte sie von der Mutter nicht verlangen, zumal ihre Krankheit ohnedies ein schweres Geld gekostet. Dieter konnte nicht umhin, zu fragen, ob ihr Gatte nicht doch seinerzeit, als er sich um sie bewarb, ein größeres Vermögen, eine ansehnliche Mitgift erwartet oder mit Recht vorausgesetzt habe.

Danitza errötete wiederum und antwortete freimütig, seine lebhafte Phantasie, welche keinen Widerspruch der Wirklichkeit duldete oder anerkannte, möge ihm solche Hoffnungen ausgemalt haben, da sie immerhin davon gesprochen, daß ihre Mutter von ihrem Vermögen lebe, und daß sie selbst nicht als Kassiererin ihre Tage beschließen müsse, aber wie groß ihre Ansprüche oder Hoffnungen auf Mitgift und Erbschaft waren, habe sie selbst weder gewußt, noch sich darum gekümmert. Da Egon von seinem schönen künftigen Amtsleben erzählt und ihre Liebe gewonnen, habe sie auch nicht weiter um das leidige Geld gefragt und, stolz auf ihren Mann, alle Einreden der Mutter mit dem Hinweis auf seine Aussichten zurückgewiesen, dann, als es ihr in ihrer Ehe nicht so recht zusammen ging, das Schlechte verschwiegen und nur vom Fleiß ihres Gatten, seinem eifrigen Nebenerwerb erzählt, ihn und das Recht ihrer Liebe auch gegen den Zorn und das bessere Wissen der Mutter verteidigen zu müssen geglaubt. Nun aber sei alles aus. Nichts mehr dürfte sie hoffen, nur eine letzte, trostlose Gewißheit suche sie noch, um womöglich wenigstens seine und ihre Ehre zu retten. Und so wolle sie Herrn Dieter bitten, den Schuldenstand ihres Mannes genau auszuforschen und festzustellen. Denn sie wolle nicht an den Verlusten von Amtsgenossen des Gatten beteiligt sein. Sicherlich habe Egon trotz allen Beteuerungen von neuem geborgt und drauflos geliehen. Ihn zu fragen und ihm etwa noch selbst einen Heller zur Tilgung seiner Verbindlichkeiten in die Hand zu geben, wage sie nicht mehr. Aber die Abrechnung müsse nun ein für allemal gemacht werden. Dieter hörte sie ruhig an, er sprach wenig, denn er konnte sie nicht trösten. Wenn jemand endlich den Mut und Entschluß zur Wahrheit gefaßt hat, steht es dem Teilnehmenden nicht wohl an, ihn mit halben und lauen Täuschungen, Hoffnungen und Einreden zu entkräften. Auch widerstrebte es Dieter, diesen Tropf irgend zu rechtfertigen. Er versprach darum der Weinenden, die gewünschte Liste unter sämtlichen Amtsgenossen und etwaigen weiteren Beteiligten in Umlauf zu setzen und ihr genau ausgefüllt zukommen zu lassen.

Schließlich sagte er: »Für Ihr Vertrauen danke ich Ihnen, gnädige Frau, und hoffe, daß Sie davon besseren Nutzen ziehen werden, als Ihr Herr Gemahl. Da Sie jetzt einmal dabei sind, das Unkraut auszureißen, wünsche ich Ihnen, es möchte gut und ganz geschehen. Die erste Erkenntnis der Wahrheit ist immer bitterer, als was man ihr nachher zuliebe tun muß. Wir Menschen sind allemal Narren, Sünder, Lügner oder wie Sie es nennen wollen, damit bezahlen wir auch das bißchen Vergnügen, das wir uns verschaffen, und leben ja doch immer auf eigene Kosten und Gefahr. Ihre Schuldliste ist nicht allzugroß. Sie müssen eben denken, es steht darauf: Achtzehn Jahre und die erste Liebe, nichts mehr.«

Danitza reichte ihm die Hand und nahm Abschied, während Dieter zunächst in den Zimmern, aber vergeblich, den Alamor suchte, dann die Schuldenliste mit den Namen aller vermuteten und möglichen Gläubiger anfertigte und in Umlauf setzte, worauf sich aus den bereitwilligen Einzeichnungen ergab, daß Egon den nach der ersten großartigen Tilgung neu ergrünten Kredit herzhaft in Anspruch genommen und eine betriebsame Schuldenfabrik in Gang gesetzt hatte, bei welcher nicht einmal der gehorsame und taktvolle Kanzleidiener seine Leistung verweigerte, indem er mit hundertundzwanzig Kronen zu Buche stand.

Über Egons fluchtartiges Verschwinden verbreitete sich eine gemischte, heitere und höhnische Stimmung.

VI

Danitza war nach Hause zurückgekehrt und setzte sich, an allen Gliedern zerschlagen, auf den Rand ihres Bettes. Egon kam nicht. Dafür präsentierte nachmittags zuerst der Kanzleidiener mit einer Verbeugung die Schuldenliste, welche sie kümmerlich lächelnd und fast schon gleichgültig betrachtete. Sie gab dem Boten ein kleines Trinkgeld und ließ Herrn Dieter für seine Mühe danken. Kurz darauf erschien der Vertreter der Möbelfirma, von zwei Packern gefolgt, um sein Geld oder die schöne Einrichtung zu holen. Sie stellte ihm die Möbel zur Verfügung, worauf die Lastträger in die Hände spuckten und die zwei hohen, ihres geringfügigen Inhalts rasch entleerten Schränke aus falschem Palisander mit den englischen Messingbeschlägen ergriffen und forttrugen. Danitza räumte rasch die paar Teller, Schüsseln und Bestecke aus dem schweren Büfett auf den Boden und flugs war auch dieses Prachtstück weggeschafft. Desgleichen wanderten nach und nach die Stühle mit dem gepreßten Leder und die übrigen Stücke aus, so daß nicht mehr als eine Viertelstunde verging, bis die Wohnung kahl und stumm in ihrem alten Winter dalag. Danitza sah sich auf dem Rand ihres in die Ehe mitgebrachten Bettes dem dürftigen, grob gehobelten Küchentische, dem alten Rohrsessel und dem großen Koffer gegenüber, ihrem ganzen Heiratsgute und war im Grunde zufrieden, die falsche Herrlichkeit abgezogen zu wissen. Weshalb saß sie nun da, und worauf wartete sie eigentlich? Weshalb auf diesem Bettrand? Sollte sie sich denn noch einmal in dieses Bett hineinlegen, das für zwei zu schmal, und in dem der Mann wahrlich einer zu viel war? Sie sah gedankenlos auf die ungeordnet über Tisch, Koffer und Sessel hingeworfenen Wäsche- und Kleidungsstücke, auf Egons und ihre Garderobe und auf die Schüsseln zu ihren Füßen, aus denen sie die Speise der Sorgen gegessen. Verlohnte es sich, in diese Wirtschaft noch Ordnung und Reinlichkeit zu bringen? Es kam ihr vor, als hätte sie eigentlich auch ihren Gemahl nur auf Vorschuß und Ratenzahlung bekommen und jetzt mit allen den großartigen Möbeln selber als eine schlechtgelungene Nachahmung edleren Holzes drangeben müssen. Wäre wenigstens das kleine Kind noch dagewesen und hätte nach ihr verlangt. Nun aber schuldete sie niemand mehr irgend etwas. Was sie gegeben, konnte sie nicht mehr zurückverlangen: alle ihre Hoffnungen und Wünsche, ihre Jugend und Kraft, ihre Fröhlichkeit und Zuversicht. Sie hatte den Sommerhut noch von ihrem Ausgang her auf dem Kopf behalten, den Sonnenschirm in der Hand, wie sie vom Amt hierher gekommen war. Ebenso erhob sie sich wieder, faltete die schöngeschriebene Schuldliste auseinander, legte sie zu oberst auf den Küchentisch und verließ die Wohnung. Auf dem Hausflur gedachte sie zuerst, die Türe nach Gewohnheit sorgfältig hinter sich zu schließen, als ihr aber einfiel, daß Egon dann etwa nicht hineinkönnte, wenn er zurückkäme, hing sie den Schlüssel an die Klinke und stieg die Treppe hinab. Sie fand sich auf der Straße im vollen Sonnenschein unter eilenden Leuten, die im heiteren Licht alle ganz unbesorgt schienen. Unwillkürlich schloß sie sich dem Strom der Menschen an, der sich gegen den Ring vorwärts schob, folgte ihm über den Donaukanal, denn die Menge strebte dem Prater zu. Aber auf dem Praterstern besann sie sich, daß sie doch in der Hauptallee wahrlich nichts zu schaffen hatte; so bog sie in jene Straße ein, welche, von Lastfuhrwerken durchdröhnt, an den Kohlen- und Frachtenhöfen der Nordbahn vorbei zur Reichsbrücke führt. Auf diesem öden Wege war alles traurig und gottverlassen, wie sie selber, die hohen, nachlässig gebauten Mietkasernen, die kleinen Holzhütten, ärmlichen Gastwirtschaften, die ächzenden Kohlenfahrzeuge, die eilenden und läutenden elektrischen Tramwaywagen. Die Sonne brannte heiß, aber es fiel der Danitza nicht einmal ein, ihren Schirm aufzuspannen, sondern sie ging unablässig weiter, einerlei wohin, einerlei warum.

So fand sie sich mit einemmal auf der mächtigen Brücke über der breiten, gelassen hinströmenden Donau. Im Hafen lagen große, weiß gestrichene Dampfer neben Flößen, Kohlenschiffen und Schleppern. Auf der anderen Seite aber glänzte das Wasser im Licht, während der Leopoldsberg in schönem Schwung zum Strome abfiel und weiterhin eine strahlende Landschaft offen lag. Als sie die blaue Linie dieser Höhen sah, lächelte sie, ohne es zu wissen, und ging weiter längs der Reichsstraße, die nun durch Gehölz inmitten toter Donauarme rüstig in die Ebene hinausstrebte.

Doch störte sie der Lärm und die ausgesetzte Bewegung der Wagen und Leute, weshalb sie einen Seitenweg einschlug, der in die ruhigen Auen führte, welche sich mit Baumgruppen und Gesträuch, dann mit Wiesenflecken und sandigen Dämmen an dieser stillen Uferseite ausbreiten. Sie ging zuerst auf einem mäßig hohen, aufgeschütteten Weg und begegnete keinem Menschen, kam hierauf durch immer dichteres Buschwerk, bis sich unversehens eine freie Fläche eröffnete mit dem Ausblick auf eine ganz absonderliche Stätte. Sie mußte unwillkürlich an eine Kolonie denken, und dieses kleine, der Au und dem Wald eben erst abgewonnene Stück Bau-, Acker- und Gartenlandes war in der Tat nichts anderes, als ein in solcher Nähe der Großstadt wahrhaft wunderliches Gleichnis ursprünglichen Gemeinlebens, eine dürftig einfältige Ansiedlung unweit aller Riesenbauten, Straßen, Eisenbahnen und technischen Werke und dabei einsam wie die Dorfschaft von Ausgewanderten im Urwald.

Diese Auen gehören dem Stifte Klosterneuburg, wie so mancher Besitz längs der Ufer des Stromes weithin und seit Jahrhunderten unter der geistlichen Herrschaft steht. Es ist noch nicht allzulange her, daß die Regulierung der Donau diesen schmalen Landstrich hinreichend vor Überschwemmungen geschützt, welche ihn vordem im Frühjahr oft unter Wasser gesetzt. Sowohl die bedrohte Lage, als auch die Beschaffenheit des beweglichen Sandbodens, der schwere Stadtbauten kaum zuläßt, zumindest nicht begünstigt, sowie die unbekümmerte Wirtschaft der geistlichen Grundherren ließen das ganze Augebiet, wie nahe es auch der Stadt lag, ungestört als solches bestehen. Es blieb ein Jagdrevier, bevölkert von Stromvögeln, Hasen und vielleicht von kleinen Raubtieren und dergleichen billigen Opfern für Büchsen und streichende Hunde. Erst in den letzten Jahren nahm infolge der Verscheuchung des Wildes durch den Lärm der ringum vordringenden Stadt die Jagdbarkeit so beträchtlich ab, daß dieser und jener Flecken um einen bescheidenen Zins verpachtet wurde, der gerade nur eine Anerkennung des Eigentums bot. Schier von ungefähr hatten sich ein paar Menschen hier eine Stätte bereitet, zumeist Arbeiter aus den nahe gelegenen städtischen Betrieben, Bauhandwerker, Schwerfuhrleute, Tramwaykutscher, Donauschiffer, Bedienstete der technischen Unternehmungen, die, etwa vom Lande stammend, den Zusammenhang mit einem noch so dürftigen Stückchen Boden nicht entbehren können und mit dem ursprünglichen Mut zur sauren Arbeit, mit der Nötigung zur Entbehrung auch die Lust bewahrt hatten, mit ihren Händen selbst sich ihr Dach zu zimmern, ihr Gemüse und ein paar Blumen zu bauen und ein eigenes Haus, eine eigene Wirtschaft gleichsam aus dem Nichts aufwachsen zu lassen.

So ergab sich denn dies Bild einer Rodung und eines dürftig, aber freundlich aufgrünenden kleinsten Gemeinwesens. Da bestimmte kein hochfahrender und weitschauender Stadtplan Straßenzüge, Kanalisation, Beleuchtung, Kirchen- und Schulbau und all das Um und Auf des großartigen Massenunfriedens, sondern die Lage der einzelnen Hütten gegen Wind und Sonne, die bescheidenen Bedürfnisse bedingten nur zwei gekreuzte Wege, welche etwa in die vier Himmelsrichtungen gingen und die kleinen Baracken zu einem losen Ganzen sowohl verbanden, als auseinander hielten.

Langsam wandelte Danitza an diesen Wohnstätten vorbei. Die Menschen hier waren wohl nicht viel anders als Vögel, die ihr Nest bauen, indem sie von überallher zusammentragen, was sich verwenden läßt: ein Endchen Tuch, einen Faden Wolle, einen Splitter Holz, einen Halm und, wenn es sie nach Glanz gelüstet, einen messingenen Hosenknopf oder dergleichen. So bestanden auch diese Häuschen aus den dürftigsten Resten und Teilen, die, in der Großstadt unbeachtet, weggeworfen, auf dem Müllhaufen lagen, bis einer dieser Nestvögel sie auflas oder zusammenbettelte. Alte verwitterte Ziegel zu Haufen geschichtet, verkümmerte Fensterkreuze, Dachpappe, Balken und morsche Bretter waren sorgsam zu Vorräten gestapelt und kamen hier zu neuen Ehren wie überraschende Kostbarkeiten. Aus solchem armseligen Material waren schon viele Behausungen aufgerichtet. Vier Holzwände, geteert oder mit Kalk beworfen, mit Dachpappe gedeckt, aus welcher ein verbogener eiserner Rauchfang hervorstieg, der ehemals etwa auf einem Fabrikschornstein gesessen. Aber in dem kleinen Raum brannte schon ein Ofen, kochte schon eine Suppe oder ein Kaffee, denn ein blauer Rauch kräuselte sich in die Luft. Eine alte Tür öffnete sich ins Freie und war von unten bis oben mit Blechschilden gepanzert, wie sie von verschiedenen Firmen zur dauerhaften Anpreisung ihrer Erzeugnisse ausgegeben zu werden pflegen. Man sah einen Neger, der die weißesten Zähne fletschte, neben einem vergnügten Jungen, der mit der großartigsten Wichse von der Welt einen glänzenden Stiefel bürstete und dergleichen praktische Gemälde mehr. Hier dienten diese offenbar von Gewerbsleuten im Überdruß weggeworfenen Blechschilde sowohl zum Schmuck als zur Verstärkung der morschen Türen und Wände. Um jedes Häuschen war ein kleiner Flecken eingezäunt, denn der Ärmste hat immer noch dies und das, was Neid erweckt und gestohlen werden kann, und hätte er nichts als das bißchen Boden und Elend, so bleibt ihm der strenge Wille, das Seine vor der Welt zu bezeichnen und einzugrenzen. Auch diese Umfriedung war wieder aus einer Art Strandgut hergestellt, nicht höher als eine Elle liefen alle Latten, so viele gerade zu Gebote standen, durch rostige Eisenreifen verbunden, dann waren ehemalige Staketen verwendet, daneben gar nur allerhand verdorrtes zusammengestecktes Astwerk und Gestrüpp. Innerhalb der Zäune aber lebten Gärtchen mit Bohnen, Kartoffeln, Vergißmeinnicht und Stiefmütterchen, an Holunderbäumen vor Gebüschen waren Ziegen angebunden, Hühner liefen auf den Sandwegen und Hunde bellten.

So sahen alle diese Wohnhäuser aus, nicht ohne daß jedes die Unterschiede der menschlichen Anlagen, ja sogar vergleichsweise erheblicheren oder geringeren Wohlstandes deutlich verriet. Da gab es größere mit zwei oder drei Räumen, mit einem Verschlag für die Ziegen und einem aus altem Drahtgitter gebildeten Hühnerhof, unfertige, die neben einem vollendeten den Anbau eines Zimmers zeigten, der zu Ende gebracht werden sollte, wenn der Besitzer Zeit und Material genug fand. Einstweilen blieben die Balken eingerammt und der Dachstuhl vorgerichtet, während auf dem Boden noch das Gras wuchs. Da war ein Häuschen aufs sorgfältigste geweißigt, ein Bild bescheidenen Behagens, gegen Osten von einer Veranda geziert, ein anderes bestand aus Holz und war ganz dunkel und geheimnisvoll anzusehen, wie ein Rätsel selber. Überhaupt gab es welche, die sich gegen den Wald zurückzogen, und wieder andere, welche die Sonne suchten. So mochte aus den einen ein Geschlecht mit finsteren Schicksalen, aus den anderen Menschen von heller Einsicht hervorgehen. Und selbst den Beginn der Kunst konnte man in einer Wand an einer sorgsam ausgewölbten Nische wahrnehmen, welche darauf wartete, bis der Eigentümer ein Gipsfigürlein der Muttergottes bekam und vielleicht auch das nötige Glas, die buntbemalte Heilige zu bergen. Überall bestimmte Art und Umfang der dürftigen erbeuteten Bestandteile Grundriß und Größe der Anlage. Die Häuser waren so recht um ein altes Fenster, um eine gefundene Tür gebaut, oder nach den verfügbaren Metern

Dachpappe geraten. In den Gärtchen sah man Frauen und Kinder beschäftigt, Männer aber wenige, denn die hatten wohl noch bei ihrer Stadtarbeit zu tun. Durch dieses in seiner Einfalt doch nach der Verschiedenheit alles Menschentums abgestufte stille Bild genügsamer und schöpferischer Armut wandelte unsere ausgeplünderte Danitza und wünschte sich zum ersten Male in ihrem Leben, so nach Lust arm sein zu können, wie diese Leute hier, aber wie diese auch ein ruhiges Dach über einem ruhigen Herzen zu wissen. Wahrlich es gibt nichts, das gering genug wäre, von einem Geringeren nicht noch begehrt zu werden. Baue ein Tor, himmelhoch, es gibt immer einen Übermut, der sich daran die Stirne blutig stößt, und laß ein Pförtlein noch so niedrig sein, es gibt immer eine Bescheidenheit, die gern und frei und gerade hindurchgeht. Nun hatte auch diese Ansiedlung, wie jede, ihren Adel und eine Großartigkeit, einen Palast auf seine Manier. Danitza kam zu diesem Gebäude, dessen Stirn die weißen geschriebenen Lettern »Jagdfarm« trug.

Es lag etwa fünfzig Schritte von den übrigen entfernt unter den hohen Pappeln des noch ungeholzten Waldstrichs, durch eine dreifache Umzäunung von dem Forst, aber auch nur andeutungsweise getrennt, denn die äußerste bestand aus einem meterhoch laufenden Stacheldraht, die zweite aus einer spärlich und schlecht geratenen Hecke, die niemand abhalten konnte, die innerste schließlich aus einem Drahtnetze, welches so hoch über dem Boden gezogen war, daß das Geflügel bequem durchzuschlüpfen vermochte. Welche Mannigfaltigkeit nun innerhalb dieses Gevierts!

Zuerst das Haus, ineinandergewürfelt und aufeinandergestellt wie aus vielen Schachteln, deren jede ihre Unabhängigkeit anzeigte, doch mit den übrigen verbunden ein merkwürdiges Ganzes ergab. Der Ursprung der Anlage wie überall die Küche, in deren Fenster man hineinsah, war gerade groß genug, einen Herd und einen Menschen zu enthalten. Aus ihr ging ein Vorräumchen einerseits unmittelbar ins Freie, anderseits in das Nebengelaß. Dieses und die anstoßenden Teile waren ähnlich wie die Kojen eines Schiffes neben- und übereinander gelagert, jedes eigentlich unter einem besonderen Dache. Den einen Raum deckte das Wellblech eines ehemaligen Kapitänsplatzes, einen anderen das Oberlichtfenster einer einstigen Schiffskajüte, die übrigen ein spitzer Dachstuhl, der mit geteerter Pappe bezogen war. Längs der Wände aus altem braunem Holze liefen senkrechte weißgestrichene Latten, und auf den Brettern der weißen Fensterrahmen standen blühende Topfgewächse. Ein Hausteil trat heraus, ein anderer hielt sich zurück, zwischen zwei solchen Vorsprüngen war durch Querlatten eine weite Laube gebildet, die, wenn der angepflanzte, jetzt noch schüchterne Wein gedieh, später einmal eine grüne Veranda ergab. Das höchste Dach enthielt einen Taubenschlag, und längs aller Gesimse führten Leitern als Übungslaufbahn für die spazierengehenden Vögel. Dies Wohngebäude war so mannigfaltig und seine Glieder griffen so sinnreich ineinander, daß lange Zeit dazu gehört hätte, die Bedeutung aller Einzelheiten, jede scheinbar schrullige Besonderheit in ihrem Zwecke zu würdigen. Denn wie die kleinen Häuschen draußen war auch dieses von ungefähr und nur mit dem jeweils Verfügbaren zusammengestoppelt worden. Aber eine reifliche Überlegung wußte den Zufall zu verwerten und die Willkür des Gegebenen der Notwendigkeit durchaus zu unterwerfen. Unserer unerfahrenen Betrachterin fiel es allerdings schwer, die geheime Ordnung eines solchen launenhaften Weltganzen herauszufinden. Auch in der Umgebung des Gebäudes gab es die sinnreichsten Spiele der Ausnutzung, etwa einen tief in den Sand gegrabenen Keller, der von einem niedrigen Ziegelgewölbe knapp über dem Erdboden gedeckt war, eine alte Tonne, die als Hundehütte diente, ein Stück ehemaligen Gartengitters, vor welchem eine Bank wie in einer Nische stand, ein Hohlraum aus Gestrüpp zur Unterkunft für die Hühner bei Regen. Auf ein weiland Kanalrohr war ein Brett gelegt. Das stellte einen Tisch vor. Inmitten des Hofes sah man einen Brunnen, dessen Röhre, in den Boden gerammt, mittels ihrer Pumpe das reichliche Grundwasser emporsaugte, während der Überfluß, in eine kleine Bodenvertiefung geleitet, den erforderlichen Gänse- und Ententeich füllte. Die Jagdfarm war nämlich so recht eigentlich ein Geflügelhof und Paradies. Da schrie und flatterte es durcheinander und vermehrte die schwebende Verwirrung des wunderlichen Bauwesens.

Eben stiegen drei graue Perlhühner wie zierliche Jungfern durch das Gras und schlüpften in die innerste Umzäunung. Ein Truthahn kollerte. Tauben wandelten auf ihren Leitern und ließen sich in rauschendem Flug auf den Boden nieder. Ein Trupp Gänse wackelte nach dem Teichlein. Ein Mann schaffte im Hof unter dem Federvieh. Er streute gerade Futter. Die Tauben stießen hinzu, die Hühner eilten herbei. Aber da hatten zwei Pfauen, bisher kühl abseits sich ihrer Schönheit erfreuend, mit ihrem Fächer den Boden gefegt und wollten nun mittun. Die unnützen Prunkvögel verstanden es recht gut, sich ihres faulen Daseins zu erwehren, im Nu gab es ein Klagen unter den Tauben und Hühnern, Federn flogen in der Luft, denn die Pfauen stachen mit geschickten Schnäbelhieben die Nebenbuhler weg und erhoben darauf mit bedeutendem Schwung ihre edlen Hälse.

Danitza wandelte schauend und staunend um die Farm bis an den Eingang. Dieser öffnete sich mit einer Brücke über einem Graben. Ein scheckiger Jagdhund bellte eindringlich, aber nicht überlaut, er meldete, und als Danitza stehen blieb, fuhr er fort zu fragen und zu warnen, endlich kam der Bewohner der Farm herbei, nahm die Fremde wahr und beruhigte ihn. Nach all dem sonderbaren Anblick erschien es der Danitza gar nicht weiter erstaunlich, als er sie mit einer Gebärde zum Nähertreten einlud. Sie folgte ohne weiteres, wenn auch zögernd dem hochgewachsenen, gebräunten, hemdärmeligen Manne.

Er sagte: »Wollen Sie sich meine Sachen näher anschauen? Bitte.« Und nun führte er Danitza durch das ganze Haus- und Hofwesen, ohne viel zu sprechen, auf die besonders eigentümlichen Einzelheiten deutend, wobei er ihr jeden Raum aufschloß, zuletzt sogar ein gewisses Örtchen, mit Modebildern und Figuren eines alten Damen-Journals tapeziert, in welchen sie Idealgestalten der angeblichen eleganten Welt zum Schmucke eines der sinnigen Betrachtung gewidmeten Lokales dienen sah. Aber indes Danitza vor allem die Ballkostüme, Federhüte, Schneiderkleider wahrnahm, machte er sie auf die bei weitem wichtigere sinnreiche Verwendung der Dachrinnen aufmerksam, die, vom ganzen Hause hier einmündend, ihr Wasser einem Behälter ablieferten, welchem die nötige Spülung oblag, so daß auch der Regen passend ausgenützt wurde.

Bei diesem Rundgange war es spät geworden und dämmerte schon. »Wollen Sie mir jetzt mein Geflügel einbringen helfen?« fragte der Mann. Und da hatten sie genug zu tun, die Hühner in ihren Stall zu nötigen. Dieser war, aus Latten und Drahtgeflecht gebaut, in eine Ecke der Hauswand geschmiegt, derart, daß zwei Schamotteplatten an seiner Front aufgehoben, den Eingang öffneten, niederfallend abschlossen. Der Farmer ließ Danitza aus der Schürze, die er angebunden trug, zwei Hände voll Körner fassen, welche sie auf sein Geheiß von oben in den Schlag streute. Da es im ganzen Hofe kein einziges Stückchen Futter mehr gab, bequemten sich die Hühner endlich in den Kotter. Die Pfauen schwangen sich schwerfällig und langsam empor und erstiegen die Wipfel der Pappeln, denn sie hausten dort oben.

So kam sachte das Treiben zur Ruhe. »Nun wollen wir auch unser Futter,« sagte der Herr, und Danitza konnte gar nicht Abschied nehmen, wie es sich jetzt gehört hätte, denn er bat sie, aus dem Keller Butter und Eier zu holen, welche letztere sie am Herde zu einer Omelette verarbeiten sollte, wenn sie so gefällig sein mochte. Aus einer Ecke zog er ein Bündel Holz und machte sich daran, es mit der Hacke zu zerkleinern, während Danitza vor dem Block allmählich in ihren Armen die nötige Feuerung aufnahm. Damit ging sie dann in die Küche und richtete den Herd zu, in welchem das dürre Holz gastlich knatterte. Dann prasselte das Fett in der Pfanne, und die großen Eier schwammen mit den schönsten gelben Augen. Danitza lachte innerlich über dies Abenteuer und ihre Arbeit, ihr alter Mensch zupfte sie am Rock: was soll das, was hast du hier zu suchen, schau, daß du weiter kommst! Aber ihre neue Freiheit und Erlösung und Müdigkeit wiesen ihn zurecht: Laß mich in Frieden, ist's nicht eins, wo ich bin, wohin soll ich denn sonst? Ich möchte doch einmal sehen, wo die Sache hinausläuft mit diesem Vogelkäfig und mit mir.

Dabei war sie mit ihrer Eierspeise fertig geworden und trug sie in den Hof, wo der Farmer schon ein blaugeblümtes Tischtuch über die Platte auf der alten Kanalröhre gebreitet, zwei irdene Teller, zwei hörnene Eßbestecke, einen Laib Brot, ein Salzfaß, eine Butterdose aufgestellt hatte. Er lud seinen Gast ein, neben ihm Platz zu nehmen. Danitza setzte sich. Er holte aus dem Keller noch zwei Flaschen Bier, wusch zwei große Gläser am Brunnen und goß ein. Er schnitt zwei mächtige Scheiben Brotes und bestrich sie ordentlich mit Butter. Bei diesem Anblick spürte Danitza erst ihren guten Hunger und griff tüchtig zu. Es dünkte sie, noch niemals in ihrem ganzen Leben so köstlich gespeist zu haben. Und läuft denn nicht so manches Menschen- und Abendglück, wo es am besten sich anläßt, auf ein sorgloses Butterbrot nach Sonnenuntergang hinaus? Sie achtete nicht einmal darauf, daß der Farmer sie vorsichtig und prüfend betrachtete, während sie tapfer aß. In der Dämmerung breitete sich langsam die feuchte Kühle des nahen Wassers aus. Plötzlich sagte der Herr: »Es wird Ihnen kalt werden, Sie haben nichts Warmes mitgenommen.« Danitza sah verlegen an ihrem modischen leichten Sommeranzuge und dem überflüssigen Sonnenschirmchen, das neben ihr lehnte, hinab und fröstelte. Mit einem Satze sprang der Farmer ins Haus und brachte gleich ein altes, großes, gestricktes Wolltuch, das er über ihre Schultern legte, und unter dessen Schutz sie sich doppelt angenehm gewärmt und gestärkt fühlte. Danitza duldete Speise und Trank, Abend, Kühle und Gastfreundschaft und Wolltuch, wie eine unverhoffte Pflege. Als sie aber endlich mit dem Essen fertig war und gleichsam von innen her sich einen Ruck geben wollte, um aufzustehen und dem Ungefähr ein Ende zu machen, brachte sie in ihrer Müdigkeit gerade nur zuwege, aufzuschauen und den Blick ihres Gastfreundes zu treffen, der eine Pfeife in Brand gesetzt hatte und in Gedanken den blauen Rauch vor sich hinblies.

Er sagte: »Jetzt werden Sie wohl irgendwo schlafen müssen.« »Ach ja, ich will in die Stadt zurück!« antwortete Danitza verlegen und sah zu Boden.

»Es ist schon zu spät für den weiten Weg. Auf dem Damme haust ein Lumpengesindel. Sie kommen da nicht leicht zurecht. Es hat keinen Sinn, jetzt zurückzuwandern. Wenn Sie vorlieb nehmen wollen, kann ich Sie ganz gut in meinem Hause beherbergen. Unterm Dach habe ich noch eine Bodenkammer mit einem Bett. Dort werden Sie ruhig schlafen, und in der Früh wecken die Hähne Sie auf.«

»Aber wie kann ich denn?«

»Ach, da ist weiter nichts zu sagen, wir machen keine Geschichten. Kommen Sie nur.«

Beim Aufstehen spürte sie erst, wie bleiern die Müdigkeit auf ihr lag. Sie hätte keine zwanzig Schritte tun können. Also folgte sie ihm in das Vorräumchen, wo er von der Wand eine Handlaterne nahm, deren Kerze er vorsichtig anzündete. Er schritt ihr voran durch die drei winzigen Stuben, die sie bereits kannte, und wies in der dritten mit hocherhobnem Lichte auf eine Holzleiter, die durch eine Luke in den Dachraum führte.

»Da müssen Sie hinaufsteigen, vorsichtig mir nach!«

Sie schürzte sich und kletterte über die Sprossen sachte empor, während er die Klappe oben offen hielt, welche in das Bodengelaß mündete. Nun standen sie beide in einem Raum, der außer einem Bett, über welchem ein Spiegelchen hing, und einem Wandschrank nur mit Mühe zwei eng nebeneinanderstehende Leute umfaßte, von denen einer unter dem schrägen Dach sich bücken mußte.

»So, da ist Ihr Bett. Legen Sie sich nur hin, es ist frisch bezogen, ich wollte schon lange jemand zur Hilfe für die Wirtschaft aufnehmen, weil meine Frau gestorben ist. Darum ist der Verschlag bereit. Doch darüber können wir morgen weiter sprechen. Gute Nacht.«

Und damit hob er auch schon die Bretterluke auf und tauchte nieder und versank mit seiner Laterne, mählich die Leiter hinabsteigend, und ließ endlich die Bodenplatte hinter sich zufallen.

Danitza warf sich, rasch entkleidet, auf das Bett und versank in den tiefsten traumlosen Schlummer.

In aller Frühe erwachte sie von den mächtig rufenden, grüßenden, antwortenden Hahnenschreien, oder von dem vollen Morgenlicht, das durch die kleine Glasluke vor dem Bett in den Verschlag schien.

Sie öffnete die Augen, blinzelte und besann sich, wo sie war und was dies wunderliche Quartier wohl bedeute. Da pochte es auch schon an der Bodenplatte.

»Ja,« rief sie und zog beschämt die Decke über ihr Gesicht.

»Sind Sie schon wach?« hörte sie den Farmer fragen.

»Ja.«

»Wenn Sie vielleicht dableiben wollen, habe ich Ihnen ein Gewand mitgebracht, denn in Ihren Kleidern können Sie nicht arbeiten. Es ist von meiner Frau. Sie brauchen sich nicht zu schämen. Ich will's Ihnen reichen. Dann kommen Sie und waschen sich beim Brunnen.«

»Ja«, sagte sie, und schon langte durch die halbgeöffnete Luke des Farmers Arm mit einem Bündel, das sie vom Bett aus ergriff. Dann fiel die Platte wieder zu. Rasch fuhr sie auf, löste ihr Haar, kämmte es mit den Fingern zurecht, steckte es in einem großen Knoten auf und zog eilig das neue Gewand an: eine blaue, weite, kurzärmelige Bluse, einen Leinenrock, mit Bändern umzugürten. Solche Tracht hatte sie freilich noch nie angehabt, aber alles roch nach frischer Wäsche, es fehlte kein Knopf an der Bluse, und so wollte sie sich nicht schämen, mochte auch ihr Hals weit hervorschauen und ihre mageren Arme.

So angetan, kletterte sie über die Leiter hinab. Sie fand weder im Hause unten, noch im Garten den Herrn und konnte mitten unter dem schreienden Federvieh wohl unbemerkt an den Brunnen gehen, sich waschen. Dort war über das Laufrohr ein Handtuch gelegt, ein Stückchen Seife daneben. Sie schöpfte sich Wasser, und das tat dem Gesicht, dem Hals, den Armen gar wohl. Als sie fertig war und sich umschaute, stand der Farmer schon vor dem Häuschen, und der Tisch war bereits zum Frühstück gedeckt. Er begrüßte sie und es fand sich von selbst, daß sie wieder neben ihm Platz nahm und zugriff. Diesmal dauerte es aber nicht so lange, wie gestern am Abend. Denn er verzehrte eilig seine Mahlzeit und sie sputete sich. Als sie fertig war, sagte er: »Wenn Sie nichts dagegen haben, können Sie hier bleiben und meine kleine Wirtschaft führen, im Garten und beim Geflügel helfen, was es gerade zu tun gibt. Sie hätten mein Essen zu kochen. Viel ist's ja nicht. Das Gemüse und die Eier haben wir selber, das Fleisch bringt der Bursch ins Haus. Das andre kauft man beim Krämer ein. Der wohnt ganz draußen an der Sandgrube, Sie werden schon sehen. Um mich haben Sie sich sonst nicht weiter zu kümmern. Meine Kleider und Schuhe putz ich mir selber. Aber im Garten kann ich schon eine leichte Hilfe brauchen. Ich habe nämlich auch draußen ein kleines Grundstück, wo ich Gemüse baue. Meine Frau hat dazu eine gute Hand gehabt. Sie werden noch alles lernen und zuwege bringen. Wegen des Lohnes dürften wir uns nicht streiten, wenns Ihnen sonst recht ist.«

Danitza konnte nicht ja, noch nein sagen, aber da ihr dies Leben, Hof und Haus, die Müdigkeit am Abend, das stille Essen, der tiefe Schlaf, die heitere Morgenfrühe wohlgetan hatten, und da sie ja weder etwas Besseres, noch etwas Schlechteres, überhaupt gar nichts mit sich anzufangen wußte, räumte sie stillschweigend den Tisch ab, faßte die Milchgläser, das Brot, tat das rotgeblümte Tischtuch zusammen, beutelte es aus, so daß die Hühner gierig nach den Brosamen pickten, und ging ins Haus. Mit dem sicheren Blick jedes wirtlichen Frauenzimmers fand sie in der Küche ein heilloses Durcheinander. Der Farmer ging ohne weiteres seinen Geschäften nach, und sie hatte Zeit sich umzutun, alles Vorhandene anzusehen, ihre Geschäfte zu erkennen und über ihre neuen Pflichten einen ersten Überschlag zu machen. In dem Häuschen gab es also neben der Küche drei winzige, mit reinlichem Gerät gefüllte Stuben, in einer standen zwei truhenartige, blaubezogene Lager nebeneinander, von denen nur eines offen war, in welchem der Farmer schlief. Sie schüttelte die Federkissen und breitete das ganze Bettzeug über das offene Fenster. In der zweiten gab es zwei nußbraune Schränke, eine Kommode mit gehäkelter Decke. An der Wand hing unter Glas und goldenem Rahmen ein Myrtenkranz, das Denkzeichen von des Farmers Ehe. Und daneben die Photographie wohl dieser verstorbenen Frau, ein stilles, freundliches Antlitz unter schlichtem, gescheiteltem Haar. In der dritten Stube fand sich eine Hobelbank, die zugleich als Tisch diente, an der Wand Sägen, Werkzeuge aller Art, und auf einem Bord Gläser mit Sämereien. In der Küche hatte sie mehr zu schaffen, putzte das Geschirr, die Töpfe und Teller und Gläser und stellte das Essen zurecht: Wasser, Gemüse und Fleisch zu Suppe und Zukost. Den Holzvorrat wußte sie bereits in seiner Hausecke und richtete sich selbst mit dem Beil die nötige Feuerung zu.

Bis sie in dieser Zwergwirtschaft Ordnung gemacht hatte, war es doch schon heiß und spät geworden. Die Sonne brannte ordentlich auf die ebene Gegend nieder. Aber es tat der Danitza wohl, zu schaffen, sich zu rühren und ohne viel Nachdenken alles Erforderliche zu besorgen, indes die Luft um Hals und Wangen und durch die weite Bluse fuhr, welche um ihren mageren Körper schlotterte. So hatte sie nicht einmal Zeit, sich nach dem Geflügel und dem Herrn umzusehen, die Suppe zischte im Topfe und das Fleisch war gar, sie trug die Speisen auf den Tisch vors Haus, und von ferne läutete es Zwölf. Der Farmer kam und sie aßen wieder. Es wurde kein Wort gesprochen.

Nachmittags – sie hatte bald das Geschirr gewaschen – sollte sie im Garten helfen. Der Wirt führte sie ein Stück weiter zu einem sonnigen, umzäumten Geviert, das unter den übrigen kleinen Plätzen lag, da bekam sie allerhand leichte Arbeit. Und wieder war es Abend und Nachtmahlzeit wie gestern. Wieder fiel sie oben in ihrem Verschlage in den eiligsten, herrlichsten, traumlosesten Schlaf. Und was am ersten Tage unerhört, ein Abenteuer und unverantwortliche Laune scheint, wird am zweiten vertraut und leicht genommen, am dritten selbstverständlich und nach einer Woche eine neue, starke Pflicht. Sie ist unversehens in den Kreislauf eines Arbeitsuhrwerkes eingestellt, wie die Hähne, die morgens zu schreien haben, wie die Hühner und Enten und Gänse und Tauben und Pfauen, die scheinbar zwecklos durch den Hof streifen und Körner suchen, aber sehr pünktlich ihre Eier legen, schließlich gerupft und im Topf gesotten oder verkauft werden und auf ihre Weise von der Erde kommen und zur Erde kehren.

Dies Leben und Tun aber schlug ihr so trefflich an, daß sie nicht einmal wußte oder spürte, wie ihre Wangen wieder rot, ihre Arme fest und braun, ihre Augen hell wurden und ihr Mund statt eines bekümmerten und verächtlichen ein frohes und herzliches Lächeln annahm.

Sie merkte nicht einmal, wie sie gar bald im Garten statt einer vollen Gießkanne deren zwei in jeder Hand fassen und tragen konnte, wobei sich ihre Brust straffte und wölbte und das Haupt kühn zurückbog.

Aber der Farmer sah es wohl, wie sie gedieh gleich einem seiner Beete oder einem fein umherstelzenden Perlhuhn, wie sie einen festen Schritt und Tritt bekam und zuversichtlich ihre Arbeit tat. Er sprach nicht viel und fragte nichts. Und auch sie erfuhr von ihm nichts weiter, als was sie sah, daß er im Garten sein Hausgemüse und ein bißchen Zwergobst, und zum Vergnügen ein paar Rosensträucher und Blumenbeete zog, im Hof aber als Geschäft und Hauptsache die Pflege des Geflügels betrieb, von welchem er allwöchentlich einem Händler etwa ein Dutzend abgab. Aber die Rosen und das Gemüse und die Pfauen, Tauben und die weißbehosten Hühner merken es auch nicht, wenn der Farmer sie wohlgefällig oder besorgt anschaut und dies oder jenes als notwendig erkennt und mit sich berät.

So wußte auch die Danitza nicht, daß der Herr sie gelegentlich ansah oder ihr nachblickte, wenn sie durch die schmalen Wege längs der Beete des sonnigen kleinen Gartens ging, zwei Gießkannen in den Händen, wenn sie dann mit sicherer Gebärde das Wasser über die Pflanzen strahlen ließ oder sich jätend niederbeugte. Sie dachte selbst nicht, daß sie wohlgerichtet und wieder in Ordnung gebracht war, wie ein arg zerzauster, verkümmerter Busch, der gerade noch ein paar halbverdorrte Blätter hat, so daß es recht fraglich ist, ob er noch aufkommen wird. Und siehe da, eines Tages steht er in Rosen.

Es wurde Sommer, da glühte es im Gartengeviert vor Hitze, der Sandboden schien die Sonne und das Licht doppelt gierig aufzusaugen. Es war kein Ende des Gießens und Wasserverlangens, und keines des Schwitzens und Plagens. Die Danitza schaffte unter hellen Perlen auf dem Halse und der Stirne. Aber am Sonntage gab es Ruhe. Sommersonntage in der Farm. Nur die Hühner wandern, scharren und lärmen. Die Arbeit ist getan. Das Essen wird rasch gekocht und verzehrt. Jetzt hat sie ihre Rast verdient, und vor der Farm im Wald lockt ein guter Schatten. In den kleinen Häusern schlummert alles. Hier ins Gehölz kommt kein Mensch. Da legt sie sich hin und schaut zu den Bäumen hinauf in ein rauschendes Grün, durch dessen Lücken der Himmel blau, heiß und herrlich scheint. Sie liegt und schläft mit offenen Augen, denn es gibt nichts zu denken und zu sorgen.

Einmal steht der Farmer vor ihr, stattlich, in seinem blühweißen Hemde, sorgfältig rasiert, er hat einen feinen braunen Schnurrbart und kurzgeschorenes braunes Haar, seine Haut ist freilich gegerbt von allem Wetter, aber gesund, man weiß nicht, wie jung oder wie alt er ist. Sie dreht den Kopf zur Seite, zum erstenmal spürt sie den blauen, überlegenen Blick seiner Augen. Aber sie denkt nichts weiter, es ist zu still und zu heiß. Er wirft sich neben sie aufs Gras und zieht einen Halm durch die Zähne. Sie rückt ab, will aufstehen, ist aber viel zu müde. Wenn man täglich miteinander arbeitet bis spät in den Abend und bis zum Umsinken vor Schläfrigkeit, denkt man nichts Arges, oder nichts ist arg, was man auch denken mag. Was gibt's zu schämen, oder zu fürchten? Wie man steht und geht, sich bückt und Wasser holt, schöpft, gießt, das Hühnervolk füttert, die Ziegenmilch seiht, so liegt man wohl auch und ruht.

Da liegt also der Herr neben der Dame Magd. Nach einer Weile beugt er sich über sie, so daß sie sein Gesicht über sich spürt. Jetzt fährt sie mit einem Ruck auf. Er faßt sie an beiden Armen und bringt sie wieder zur Ruhe.

Sie stammelt: »Was fällt Ihnen ein, ich bin ja verheiratet.«

Er lacht leise: »Aber das macht ja nichts.«

Und so geschieht es, daß sie aus dem Dachverschlage hinunterzieht und in dem zweiten Bette neben dem seinen schläft. Wie sie die Kleider und die Wäsche seiner Frau getragen, so trägt sie jetzt den Mann selber. Und nichts ändert sich in dem ruhigen Lauf dieser Dinge, sie bleibt ein Glied im Gefüge dieses wunderlichen Menschenspielwerks, es geht ihr wohl, sie wird stark, wie nie zuvor.

Die kleine Welt dieser arbeitsamen Gemeinschaft ringsum hat so viel zu schaffen, daß niemand unnütz fragt und forscht, zumal derlei stille, zweifelhafte Ehen gerade hier eine bescheidene Zuflucht finden. Sie tut einer Hausfrau Arbeit und Hilfe und hat einer Hausfrau Sorge, Anteil, Wäsche und Gewand. So wird es wohl eine Art Ehe sein, die sie führt und keinen geht es an.

In der Nähe der großen Stadt, aus der sie verschollen ist, fühlt sie sich gleichwohl sicher, als könnte sie keiner hier ausfindig machen und suchen. Wo sind ihre Leute, die Mutter, oder gar der einstige Gemahl? Denen bleibt sie wohl in der Donau versunken und gestorben. Wenn man ein anderer Mensch geworden ist, mag die frühere, abgestreifte Hülle getrost bestattet und vergessen bleiben. Das gehört sich.

So sicher fühlte sie sich, daß sie, wie sie war, in ihrer Bluse und ihrem groben Rock manchmal in die Stadt ging und dies und das besorgte. Niemand konnte sie erkennen.

Als der Herbst und Winter in der Kolonie still vergangen waren und wiederum der Frühling kam, fiel ihr die Stadt und ihr einstiges Leben einmal bei, und sie mischte sich in das Gedränge der Menschen, welche beim Eingang des Praters der Auffahrt der Wagen zu einem sogenannten Blumenkorso neugierig zuzuschauen pflegen. In ihrem einsamen Leben, das wie ein Traum und wie die Erfindung eines launigen Schicksals in dieser kleinen Farm verlief, mochte der Wunsch auftauchen, den anderen Traum, den Irrtum, die Eitelkeit der Welt von ferne zu betrachten, der sie einmal angehört, schien ihr doch diese Zeit so weit zurückzuliegen, als sei ihr Selbst längst in einen anderen Leib, in andere Sinne geschlüpft. Und da sah sie nun die reichen, geschmackvoll oder leidig ausgezierten Wagen mit den modischen Herren und Damen vorüberziehen, dem ewig gesuchten Vergnügen nach.

Aber hei! Es gab ihr einen Stich. Da fährt in einem fliedergeschmückten Zweispänner Herr Egon de Alamor an der Seite seiner Mama und Schwester, zweier hochgeputzter, in Eleganz und Mode wippender Damen, strahlend vorbei. Er trägt einen feinen Anzug und lächelt glücklich. Wo mag er sich das Geld ausgeliehen haben? Er schaut um sich nach allen Seiten mit seiner herzlichen Art zu blicken, die nichts auf der Welt bemerkt, als sich selber, so trifft sein Auge auch seine weiland Gemahlin, aber wie sollte er sie in dieser Gestalt erkennen? Danitza lächelt wehmütig vergnügt und sieht ihr einstiges Glück und Ende in dem Fliederfahrzeug vorbeifahren. Sie blickt dem hinstolzierenden Wagen nach, der in der schnurgeraden Allee sichtbar bleibt, so daß sie Herrn Alamor lange in seiner schlanken Haltung inmitten seiner Mama und Schwester sitzend wahrnimmt, er verkleinert sich mählich, aber weit weg fährt er noch als ein prahlerischer Punkt in die unendliche Perspektive seines Lebensspieles hinein. Da sie aber die Rückkunft und etwaige bedrohliche Vergrößerung des unwandelbaren einstigen Gatten nicht abzuwarten wünscht, taucht Danitza wieder unter den Menschenschwarm zurück und wandert dieselbe Straße, die sie vor einem Jahre bekümmert gezogen, an Lastwagen, Kohlenhöfen und Lärm vorüber. Da ist die Reichsbrücke über einen weiten Strom gespannt, der Menschen und Dinge scheidet. Da liegen die buschigen Auen, Sandbänke, Wiesen, der Pappel- und Erlenwald und wieder die fabelhafte kleine Kolonie, Ausgang neuer Schicksale, Abenteuer, Sitten und Ende, wie Anfang eines Traumes und Spieles. Und da ist die Jagdfarm unter den Bäumen, ihr munterer Vogelkäfig, in dessen Verschlägen sie haust. Es tut gut, sich wieder still zu ducken. Was sollte sie in aller Welt mit Egon de Alamor, ihrem angetrauten Gemahl, anfangen, wenn er sie wiederfände?

Im Hofe fegte ein Pfau mit dem bunten Federfächer den Sand, und der Farmer zeigte ihr vergnügt einen alten Kinderwagen, den er irgendwo erbeutet hatte.

 tredition®

Über tredition

Eigenes Buch veröffentlichen

tredition wurde 2006 in Hamburg gegründet und hat seither mehrere tausend Buchtitel veröffentlicht. Autoren veröffentlichen in wenigen leichten Schritten gedruckte Bücher, e-Books und audio-Books. tredition hat das Ziel, die beste und fairste Veröffentlichungsmöglichkeit für Autoren zu bieten.

tredition wurde mit der Erkenntnis gegründet, dass nur etwa jedes 200. bei Verlagen eingereichte Manuskript veröffentlicht wird. Dabei hat jedes Buch seinen Markt, also seine Leser. tredition sorgt dafür, dass für jedes Buch die Leserschaft auch erreicht wird.

Im einzigartigen Literatur-Netzwerk von tredition bieten zahlreiche Literatur-Partner (das sind Lektoren, Übersetzer, Hörbuchsprecher und Illustratoren) ihre Dienstleistung an, um Manuskripte zu verbessern oder die Vielfalt zu erhöhen. Autoren vereinbaren direkt mit den Literatur-Partnern die Konditionen ihrer Zusammenarbeit und partizipieren gemeinsam am Erfolg des Buches.

Das gesamte Verlagsprogramm von tredition ist bei allen stationären Buchhandlungen und Online-Buchhändlern wie z. B. Amazon erhältlich. e-Books stehen bei den führenden Online-Portalen (z. B. iBookstore von Apple oder Kindle von Amazon) zum Verkauf.

Einfach leicht ein Buch veröffentlichen: **www.tredition.de**

Eigene Buchreihe oder eigenen Verlag gründen

Seit 2009 bietet tredition sein Verlagskonzept auch als sogenanntes "White-Label" an. Das bedeutet, dass andere Unternehmen, Institutionen und Personen risikofrei und unkompliziert selbst zum Herausgeber von Büchern und Buchreihen unter eigener Marke werden können. tredition übernimmt dabei das komplette Herstellungs- und Distributionsrisiko.

Zahlreiche Zeitschriften-, Zeitungs- und Buchverlage, Universitäten, Forschungseinrichtungen u.v.m. nutzen diese Dienstleistung von tredition, um unter eigener Marke ohne Risiko Bücher zu verlegen.

Alle Informationen im Internet: **www.tredition.de/fuer-verlage**

tredition wurde mit mehreren Innovationspreisen ausgezeichnet, u. a. mit dem Webfuture Award und dem Innovationspreis der Buch Digitale.

tredition ist Mitglied im Börsenverein des Deutschen Buchhandels.

Dieses Werk elektronisch lesen

Dieses Werk ist Teil der Gutenberg-DE Edition DVD. Diese enthält das komplette Archiv des Projekt Gutenberg-DE. Die DVD ist im Internet erhältlich auf **http://gutenbergshop.abc.de**

Zeitfracht Medien GmbH
Ferdinand-Jühlke-Straße 7
99095 Erfurt, Deutschland
produktsicherheit@kolibri360.de